D0669444

TORONTO
PUBLIC
LIBRARY
Sale of this book
supports literacy programs

NORTHERN DISTRICT

DEC 1 3 2007

Nous remercions le ministère du Patrimoine canadien,
la SODEC et le Conseil des Arts du Canada
de l'aide accordée à notre programme de publication

 Patrimoine    Canadian
canadien     Heritage

 Conseil des Arts    Canada Council
du Canada           for the Arts

ainsi que le Gouvernement du Québec
– Programme de crédit d'impôt
pour l'édition de livres
– Gestion SODEC.

Nous reconnaissons l'aide financière
du gouvernement du Canada
par l'entremise du Programme d'aide au développement
de l'industrie de l'édition (PADIÉ) pour ce projet.

Directrice de la collection :
Geneviève Mativat

Illustration de la couverture :
Gérard Frischeteau

Montage de la couverture :
Ariane Baril

Édition électronique :
Infographie DN

Dépôt légal : 4e trimestre 2006
Bibliothèque nationale du Canada
Bibliothèque nationale du Québec

1234567890 IML 09876

Copyright © Ottawa, Canada, 2006
Éditions Pierre Tisseyre
ISBN 2-89051-994-5
11217

# La souvenance
# de la pierre

**DE LA MÊME AUTEURE
AUX ÉDITIONS PIERRE TISSEYRE**

**Collection Safari**
*Épit et le géant,* 2003.

**Collection Papillon**
*Le dernier voyage de Qumak,* 2004.

**Chez d'autres éditeurs**
*Tshakapesh,* éditions Milan, 2001.
*Carcajou démon des bois,* Isatis, 2005.

**Catalogage avant publication
de Bibliothèque et Archives Canada**

Mativat, Geneviève, 1972-

    La souvenance de la pierre

    (Collection Ethnos ; 4. Roman)
    Pour les jeunes de 12 ans et plus.

    ISBN 2-89051-994-5

    I. Frischeteau, Gérard, 1943-  . II. Titre..

PS8576.A828G76 2006    jC843'.54    C2006-941093-3
PS9576.A828G76 2006

# La souvenance de la pierre

## Geneviève Mativat

*roman*

**ÉDITIONS
PIERRE TISSEYRE**

5757, rue Cypihot, Saint-Laurent (Québec)  H4S 1R3
Téléphone: (514) 334-2690 – Télécopieur: (514) 334-8395
Courriel: ed.tisseyre@erpi.com

*À Patrice Bordeleau, en souvenir
d'une pierre verte et de la rivière
de notre enfance…*

*À Gérard Frischeteau
pour ses encouragements
et son enthousiasme.*

*Nous ne nous rendons pas suffisamment
compte de la multitude d'inventions,
encore en usage aujourd'hui,
non seulement chez des peuples
exotiques, mais parfois dans notre propre
civilisation, qui nous viennent
de la préhistoire. L'homme préhistorique
ne se prolonge pas seulement en nous
par le sang, mais dans les gestes
quotidiens comme ceux de la couture,
de la chasse, de la coquetterie, du deuil.
Des formes d'organisation familiales
et sociales, d'art et de religion encore
vivantes aujourd'hui plongent
leurs racines dans le passé le plus
lointain de notre espèce.*

Jacques Soustelle


*Chacun de nous a un jour,
plus ou moins triste,
plus ou moins lointain, où il doit enfin
accepter d'être un homme.*

Jean Anouilh


*L'amour est immortellement jeune, et les
façons de l'exprimer sont
et demeureront éternellement vieilles.*

Alfred de Musset

# Avant-propos

En septembre 1939, l'Allemagne attaque la Pologne. La Grande Bretagne et la France déclarent aussitôt la guerre à l'envahisseur. Ainsi débute la Seconde Guerre mondiale.

Durant les mois qui suivent, les forces françaises sont déployées sur la ligne Maginot. Les troupes allemandes leur font face, sur la ligne Siegfried. Pendant huit mois, aucune bombe n'explose et aucun coup de feu n'éclate. C'est la «drôle de guerre.»

Ceci, jusqu'au matin du 10 mai 1940. Les Allemands attaquent alors la Hollande, la Belgique et le front français est percé à Sedan. En quelques jours, les soldats allemands prendront tout le nord de la France et défileront dans Paris. C'est la «guerre éclair».

La population française, en proie à la panique, se lance sur les routes. En voiture, en vélo, à pieds, les civils et les soldats français tentent désespérément de rejoindre le sud de la France.

Cet exode massif prend fin le 21 juin, alors que le Maréchal Pétain signe un armistice avec l'Allemagne. À partir de ce moment, la France est divisée en deux zones distinctes.

La moitié nord est occupée et dirigée par les Allemands. La moitié sud est, en principe, libre. En fait, elle est dirigée par le gouvernement de Vichy qui collabore avec l'Allemagne.

Mais l'année 1940 est aussi l'année d'une grande découverte. En effet, au mois de septembre, quatre adolescents nommés Marcel Ravidat, Jacques Marsal, Georges Agnel et Simon Coencas, trouvent les grottes de Lascaux, un joyau de l'art pariétal datant du paléolithique supérieur. Ce roman de fiction s'inspire de leur aventure…

# 1
# La magie de la pierre

*Vallée de la Dordogne*
*entre dix-sept et quatorze mille ans*
*avant Jésus-Christ*

**J**amais saison ne fut plus douce, ni gibier plus abondant[1]. Le soleil couchant nimbe l'horizon d'une lumière dorée auréolant la forêt à contre-jour qui, bientôt, disparaîtra dans la nuit. De partout on aperçoit les profils ombragés des chasseurs qui rentrent au campement en

---

1. Les grottes de Lascaux ont été peintes entre dix-sept mille et quatorze mille ans avant notre ère, au cours de la dernière glaciation. Les températures étaient alors très froides et les continents recouverts de nombreux glaciers. Néanmoins, les hommes de Lascaux ont vécu durant une courte période aux températures particulièrement douces que l'on nomme l'interstade de Lascaux.

portant leurs proies inanimées autour du cou. Parés du fruit de leur chasse, ils écrasent les hautes herbes d'un pas pesant. Ainsi s'allongent derrière eux de profonds sillons traçant dans la vallée d'étranges filigranes. Du haut de sa colline, le sorcier admire cette figure éphémère marquant le passage de l'homme. Il laisse échapper un soupir désolé avant de déposer un de ses colliers de coquillages sur le tas de pierres recouvrant la sépulture de son fils. Puis, craignant d'être surpris par la noirceur, le vieillard quitte son perchoir et rejoint le tumulte du village, en contrebas.

Partout l'on s'affaire à découper des dépouilles de rennes et d'antilopes. À coup de silex, les bêtes au regard vide sont éventrées, dépecées, puis démembrées. Leurs carcasses encore chaudes fument dans la fraîche brise du soir, transportant l'odeur âcre du sang. Certains travaillent les peaux, qu'ils raclent et épilent avant de les faire sécher sur des cadres de bois souple. D'autres préparent la viande, qu'ils cuisent à l'intérieur de panses sanguinolentes suspendues au-dessus du feu.

Pendant un court instant, le mage observe à la dérobée les restes du bison qui, la veille, a encorné son fils. Le sorcier a peine à croire que du drame d'hier, que du sang, des cris et des larmes, ne subsiste plus que la charogne roide de la bête, immobile et muette entre les membres du clan travaillant à leur éternelle quête de nourriture. Rempli d'un profond sentiment de vide, il s'empare sans vergogne de la toison d'un renne avant de s'engouffrer dans sa demeure. Ce larcin ne provoque aucune protestation, car tous savent que le chapardeur détient la magie de la pierre, celle qui éloigne la famine en enfermant les esprits des animaux dans le roc afin qu'ils trouvent le chemin pour renaître au grand soleil sur les monts et vallées des chasseurs.

De retour chez lui, dans sa hutte en bois et peaux de rennes, le sorcier retire son anorak et s'installe près du foyer. La cuvette de pierre crépite et ses flammes projettent des ombres folles dansant sur les parois de l'abri. Le compagnon du sorcier ne remarque même pas l'arrivée de son maître. Le jeune homme observe plutôt une fine poudre d'ocre, dans un grand os plat, déposé sur des braises. En cuisant, les cristaux jaunes se mettent à roussir. Alors, à l'aide d'un coquillage, l'apprenti récupère les pigments qu'il verse dans une pochette. Le sorcier approuve l'opération d'un coup de menton, puis s'applique à découper quelques pièces de fourrure à même la peau volée. Il range ces pièces neuves parmi d'autres tampons usés couverts de pigments noirs, jaunes et rouges. Ainsi les mages entament-ils une longue nuit de travail, alors que les autres s'endorment sous d'épaisses fourrures.

Dès les premières lueurs du jour, le sorcier et son compagnon préparent leur équipement. Avant de partir, le jeune homme enflamme une torche à même le foyer. Puis, les compères filent silencieusement vers la grotte[2]. Elle s'ouvre sous un escarpement rocheux derrière de grands saules aux longues branches traînant dans la boue de marécages infestés de mouches. L'apprenti écarte ce rideau de feuillage et s'arrête devant la gueule béante et noire menant aux entrailles de la terre, où règne une nuit sans fin. Le jeune homme réprime un frisson, alors que son vieux maître ajuste les mèches des lampes de pierre remplies de graisse animale. Avec sa torche, le mage en allume une. Puis, suivi de son apprenti, il se faufile dans la sombre cavité.

Le vieillard et le jeune homme se serrent autour des lumières vacillantes de la lampe et du flambeau. Sondant les ténèbres, ils tentent de se repérer entre les différents tunnels de ce labyrinthe souterrain. Soudain, le vieillard bute sur une pierre. Il s'étale de tout son long, préférant sauver sa lampe, plutôt que de la laisser choir et de risquer de se perdre dans la noirceur. Inquiet, l'apprenti se pré-

---

2. Encore aujourd'hui, on ignore où se trouvait l'entrée originelle de la grotte.

cipite vers son maître. Ce dernier fixe en souriant la pierre à ses pieds. Le jeune homme reconnaît aussitôt la stalagmite barbouillée d'ocre rouge indiquant le chemin borné d'os longs déposés sur le sol afin de marquer la bonne voie. Le sorcier se relève aussitôt, en prenant soin d'abandonner une lampe allumée sur place afin d'y voir clair au retour. Puis, le mage et son second suivent le chemin balisé.

Celui-ci débouche sur une rotonde obscure et lugubre. Le vieillard y pénètre sans gêne, comme en sa demeure. D'un geste, il invite son assistant à éclairer les lieux. Enthousiaste, le jeune homme fait tournoyer sa torche vers la coupole. Alors, du néant surgissent les peintures gigantesques d'une multitude de bêtes aux robes fauves. L'ombre et la lumière semblent faire frémir les cerfs, taureaux, chevaux et aurochs[3] enchevêtrés en une ronde sauvage animant le dôme.

Les deux hommes admirent momentanément leur fresque. Satisfait, l'apprenti se met au travail au pied d'un petit échafaudage sous l'esquisse d'un taureau. Il prépare les pigments, qu'il mélange à de la graisse de cerf. Il prépare aussi plusieurs torches et lampes, car il est responsable de l'éclairage, qui doit durer toute la journée.

---

3. L'aurochs était un grand bœuf sauvage d'Europe qui n'existe plus de nos jours.

Subitement, contrairement à sa routine, le vieillard s'empare de plusieurs luminaires et s'enfonce un peu plus loin dans la grotte. Son apprenti fait mine de le suivre mais, d'un geste, le mage lui ordonne de ne pas bouger. Torche en main, il se faufile seul dans les profondeurs de la grotte qui forme un chapelet de salles souterraines. Tout au fond s'ouvre un puits dans lequel le sorcier lance sa torche, qui grésille en tombant. Puis, à l'aide d'une corde en fibre végétale, l'homme se glisse dans le trou pour atterrir dans une toute petite caverne étroite. Grâce à sa torche crépitante, il allume une lampe de grès rose finement sculptée. Le vieil homme la dépose dans une petite niche au-dessus du sol. Puis, il tâte la paroi, cherchant le relief convenant à son œuvre. Cela fait, il prend un charbon et commence à dessiner. Il ajuste méticuleusement son tracé aux courbes et volumes de la pierre. Ainsi surgit bientôt une figure bestiale aux flancs pleins, et ronds : un bison. Avec les tampons de peau, l'homme remplit cette forme de noir et de gris. L'énorme bovidé semble vivant, comme s'il respirait à même le roc et allait, d'une seconde à l'autre, s'en détacher pour attaquer le peintre.

Le mage observe sa création un moment. Son cœur palpite. Il doit résister à l'envie d'effacer ce qu'il vient de créer. Mais, d'une main tremblante, il reprend son travail. Tout près de la bête sauvage, il trace la silhouette d'un homme blessé, le corps d'un chasseur mort avec sa sagaie et son propulseur à ses côtés...

Le vieillard est submergé de peine. Au lieu d'ajouter des couleurs à son esquisse, il l'effleure comme on caresse la joue d'un enfant. Doucement, il murmure un prénom, un mot évoquant les oiseaux. L'homme voudrait que la pierre garde la souvenance de ce nom qui fut celui de son fils. Il dessine donc un petit volatile près de la figure humaine. Puis, il enduit sa main d'ocre et la plaque contre la paroi. Il reste ainsi longuement soudé à la pierre, en une communion silencieuse. Lorsqu'il retire sa paume, son empreinte apparaît tout près de l'œuvre en un ultime salut, un ultime adieu dont la grotte gardera éternellement le secret.

L'homme souffle sa lampe et disparaît dans les ténèbres...

# 2

# L'exode

*Vallée de la Dordogne, mai 1940...*

— **M**ontignac. Mesdames, messieurs. Dix minutes d'arrêt ! lance le contrôleur par-dessus la foule encombrant le wagon.

Alors que le train s'immobilise, l'agent du chemin de fer se glisse péniblement au travers de la masse des voyageurs dont les besaces et les cantines encombrent l'allée. Visiblement à la recherche de quelqu'un, il dévisage hommes, femmes, enfants et vieillards entassés sur et entre les banquettes. Au passage, il aperçoit un petit bébé blotti dans un coffre rempli de vêtements et reposant en équilibre sur un porte-bagages vissé au-dessus des sièges. Autrefois, il aurait houspillé quiconque ayant imaginé une telle installation mais, aujourd'hui, rien ne va plus…

— Saloperie de guerre… Mais où est donc passé le gamin ? se contente-t-il de dire en continuant à chercher.

Au bout de l'allée, près des strapontins, se cache un adolescent semblant minuscule, assis par terre et adossé à son sac à dos, derrière un rempart de sacs, de malles et d'adultes discutant fort. Il est absorbé par la lecture d'une carte postale. Guillaume Goupil connaît par cœur ce dernier message envoyé par son père, un officier d'infanterie envoyé au nord de la France pour contrer l'envahisseur allemand[4]. Guillaume relit pourtant la carte, tentant d'y trouver du réconfort, comme certains font leurs prières.

*Cher Guillaume,*

*La guerre aura l'avantage de précipiter tes grandes vacances. Tu t'amuseras bien chez pépé et mémé. Bientôt, tu pourras cueillir des morilles, les meil-*

---

4. La France entre en guerre le 3 septembre 1939, à la suite de l'invasion de la Pologne par l'Allemagne. Durant les mois qui suivirent, une centaine de divisions françaises et anglaises tinrent la ligne Maginot, un réseau de fortifications en partie souterraines situé sur la frontière entre la France et l'Allemagne. Afin d'envahir la France, Hitler dut contourner cette ligne. Il perça le front français en traversant les Ardennes.

*leures du Périgord! Tu vas te régaler.*
*N'oublie pas de faire un gros câlin à*
*Bouboule pour moi. Chatouille-le sous*
*le menton, il adore ça… Surtout ne t'en*
*fais pas pour moi. Je suis en sécurité sur*
*notre bonne vieille ligne Maginot, solide*
*comme les Alpes.*

*Grosses bises,*
*Jean*

Sa lecture terminée, Guillaume insère la carte représentant la mairie de Metz dans une liasse de courriers similaires. À peu près tout ce que l'adolescent connaît de son baroudeur de père se trouve dans cette correspondance. En effet, au lieu d'un père de chair et de sang, Guillaume affirmait souvent être affublé d'un «père postal». À cela ne s'ajoutaient qu'un visage et une voix que l'adolescent imaginait en déchiffrant l'écriture de son père.

La chaleur est intenable. L'adolescent soupire et s'évente avec les cartes disposées en éventail. Les petits cartons ondulant sous son nez arborent des timbres colorés et des paysages lointains dont le défilement résume la carrière bien remplie de Jean : Maroc, Tunisie, Algérie… Guillaume songe que son père, rappelé au pays depuis quelques mois comme beaucoup d'autres, doit regretter ses dunes et trouver les nuits de la Lorraine un peu froides.

Tout à coup, l'adolescent est plongé dans l'ombre du contrôleur. Debout devant la fenêtre baignée de soleil, sa silhouette apparaît comme une masse sombre cloisonnée de lumière. Sa voix semble sortir de nulle part :

— Allons petit, c'est ici que le voyage s'arrête pour toi... Il faut sortir de cette cocotte-minute avant que tu ne te ratatines comme un vieux raisin tout juste bon à faire du cahors[5]! Allez zou! Ramasse tes affaires et file... Ta grand-mère doit déjà t'attendre.

Guillaume reconnaît l'individu à qui sa mère l'avait confié, au départ du train, en gare de Lyon. L'employé du chemin de fer avait alors sympathisé avec la jeune infirmière désirant envoyer son enfant chez des parents, en Dordogne, loin de la menace allemande. Hélène aurait bien voulu accompagner son fils dans ce voyage, mais elle ne pouvait se résoudre à abandonner ses patients alors que la moitié du personnel de l'hôpital Lariboisière[6] avait déjà fui sur les routes.

Heureusement, grâce au flegme de l'agent, l'adolescent avait fini par trouver refuge dans un wagon, malgré la horde de gens fébriles prenant d'assaut le train tels des naufragés

---

5. Le cahors est un vin de pays, spécialité du massif central de la France.
6. Hôpital parisien qui, sous l'occupation, devint un hôpital allemand.

se disputant du bois d'épave au milieu de la mer… Par la fenêtre du train quittant la gare, Guillaume avait longuement suivi du regard sa mère le saluant, sur le quai, au milieu d'une marée humaine. De loin, dans son petit uniforme blanc, la jeune femme avait l'air d'un frêle brin de muguet. Guillaume avait tenté de fixer cette image dans son esprit, comme s'il ne devait plus jamais la revoir.

Enfonçant son paquet de cartes dans sa poche et enfilant son sac à dos, l'adolescent suit péniblement le contrôleur et quitte finalement la voiture par la portière que lui ouvre son protecteur d'un jour.

— Merci bien, bredouille l'adolescent.

— De rien, mon garçon… J'étais à peine plus vieux que toi quand j'ai laissé ma jambe sur les prés de Verdun durant la Grande Guerre! dit l'homme en soulevant la jambe gauche de son pantalon, dévoilant ainsi une prothèse de bois. Disons que j'ai une dette envers les femmes comme ta mère… Allez file au plus vite! conclut l'étranger avant d'être à nouveau avalé par la machine aux tôles bouillantes.

Guillaume n'a pas le temps d'en dire plus. Un long coup de sifflet déchire l'air. Aussitôt, le train s'ébranle, reprend son élan et poursuit sa route sur les rails scarifiant la campagne. La machine disparaît vite sur l'horizon déformé par les ondes de chaleur se dégageant de la terre vallonnée et piquée de grands chênes.

Sur le quai se presse une foule de gens inquiets attendant un parent ou un ami venus trouver refuge dans la région. Après de bruyantes embrassades, voire quelques sanglots, les villageois échangent avec les nouveaux arrivants les dernières nouvelles sur les batailles faisant rage dans le nord-ouest du pays.

— Ils ont déjà traversé la Belgique, annoncent les uns.

— Ils approchent de nos frontières, avancent les autres.

— Vous voulez dire qu'ils y sont déjà ! Ces petits malins ont contourné la ligne Maginot en traversant les Ardennes. Ils ont percé le front à Sedan !

— Mais… les Anglais viendront forcément à notre secours, espère un jeune homme.

— Je voudrais bien voir ça, tiens ! «Les Anglais donnent leurs machines et les Français donnent leurs poitrines !», réplique un cheminot.

Ces affirmations provoquent tout un brouhaha. Une dame s'écrie «mon Dieu» en masquant son visage avec le pan de son tablier. Un homme à moustache crache par terre, comme s'il défiait un ennemi invisible. Une jeune fille se met à pleurer en répétant sans cesse un prénom : «Félix, Félix, Félix…»

Inquiet, Guillaume frissonne malgré la chaleur. Alors que les gens se dispersent, il cherche un visage familier, celui de sa grand-mère… Personne. Bientôt l'endroit est désert et le vacarme fait place au chant des oiseaux et aux stridulations des grillons. Guillaume est seul. Il se rassure en songeant que sa grand-mère, de nature distraite, est certainement en retard. Résolu à attendre, il s'assied sur un banc quand une vieille dame surgit en gesticulant :

— Guillaume! Guillaume! Mon petit! Désolée du retard! Comme tu dois être fatigué! Tu as soif? Faim? Ne m'en veux pas! Au village, on m'a dit que les trains ne passaient plus, qu'ils avaient été attaqués à deux cents kilomètres d'ici et que les survivants avaient été placés dans des camions de la Croix Rouge. Depuis, je suis morte de peur… Je t'attendais sur la place de l'église. Un camion est bien passé par là voilà une heure, mais… Doux Jésus! Quand je pense à toutes les insultes que j'ai servies au chauffeur lorsque j'ai vu que tu n'étais pas là! Je suis bien honteuse! Pauvre bougre! On ne sait vraiment plus à qui se fier en ce moment! Heureusement, te voilà enfin, dit-elle en collant trois bises à l'adolescent.

— Ça ne fait rien mémé. Je savais bien que tu finirais par arriver. Mémé, est-ce que les Allemands sont vraiment près de la frontière ? Est-ce que mes parents…

— Hou là là ! En voilà une façon de saluer ta grand-mère. Autrefois tu te pendais à mon cou et tu tâtais mon sac pour y trouver des nougats ! s'exclame la dame avant de continuer sur un ton rassurant. Ne crains rien pour ta mère. Hélène est une bonne infirmière, c'est précieux en temps de guerre ! Tous ces soldats blessés ont besoin d'elle, peu importe la couleur de leur uniforme. Quant à mon Jean, ton père, c'est un malin et un débrouillard ! Quand il avait ton âge, on l'appelait «Le Renard», à cause de son nom de famille[7], mais aussi parce qu'il passait son temps à courir les bois et à fouiller les grottes du pays. Jamais il ne se perdait ! Je suis certaine qu'il trouvera le moyen de nous revenir, affirme la vieille dame.

Guillaume est presque convaincu, jusqu'à ce que, sans s'en rendre compte, Georgette se mette à lui serrer la main jusqu'à la rendre violette…

---

7. En vieux français, le terme «goupil» désigne le renard.

# 3

# Les colères de pépé

La nouvelle de la percée allemande court le long de la grande avenue et toutes activités cessent sur son passage. Chez le coiffeur, les rasoirs s'immobilisent au milieu de barbes savonneuses. Dans la cour du boucher, on relâche le porc qui devait être égorgé. Au petit parc de la grand place, les joueurs de pétanque ramassent leurs boules et rentrent chez eux. Au café du coin, les conversations animées font place au silence. Enfin, les instituteurs rassemblent nerveusement les gamins sous le préau et les font rentrer précipitamment, comme si un orage allait fendre le ciel limpide de ce mois de mai ensoleillé.

Tout à son bonheur d'avoir retrouvé son petit-fils sain et sauf, Georgette décide de remettre à demain ses angoisses quant à l'avenir.

— Et si nous rendions visite à notre voisine la boulangère ? Je suis certaine que malgré la pénurie de pain et de farine, la veuve Pinsant a encore quelques brioches mieux cachées que les trésors du Nil. Qu'en dis-tu ? dit la grand-mère en s'engouffrant dans une petite rue descendant vers la rivière.

— Tu crois qu'elle aura des chocolatines, demande l'adolescent prenant soudainement conscience qu'il n'a rien mangé depuis son départ de Paris, la veille.

— On peut toujours demander !

Guillaume salive déjà. Puis, une vague odeur de lessive vient lui piquer les narines. Dans le vieux lavoir, quatre femmes de passage lavent leurs vêtements alors que leurs époux s'occupent des enfants grouillant autour de voitures sur lesquelles sont ficelées des malles. Certains ont même installé leur petite famille dans des charrettes encombrées de meubles et tirées par des chevaux efflanqués.

— Si ce n'est pas malheureux, laisse tomber Georgette avant de pousser son petit-fils vers la boulangerie.

La vitrine du magasin est vide. Une affichette y est suspendue : « Ouvert les lundi et mardi seulement, 250 gr de pain par per-

sonne, veuillez avoir vos tickets de rationnement en main.[8]»

— Pauvre Madame Pinsant, dit Georgette.
Être boulanger en temps de guerre n'est pas
évident. Loin du front, tout se résume à une
lutte pour un toit et du pain, ajoute-t-elle en
filant vers l'arrière du bâtiment pour cogner
à la porte-fenêtre donnant sur la cuisine privée
de la boulangère. La veuve Pinsant apparaît
aussitôt dans la petite pièce au plafond bas.
Apercevant Guillaume, elle écarquille les yeux
et commence un long monologue dont les
premiers mots se perdent derrière la porte
qu'elle ouvre.

— … qui l'eût cru! Georgette, vous auriez
dû me prévenir! Décidément, c'est une
journée pleine de surprises! Certaines meil-
leures que d'autres… Comme il ressemble à
son père, dit Madame Pinsant, les yeux brillants. Il me semble qu'hier encore c'était lui
qui se tenait là pour me prendre une baguette!
Tu sais, ajoute-t-elle à l'attention de Guillaume,
ton père n'allait jamais dans la boutique. Il
préférait prendre son pain ici. Il arrivait très
tôt et me faisait un petit bonjour. Souvent, je

---

8. Durant la Seconde Guerre mondiale, les municipalités
rationnaient les aliments de base afin d'éviter les pénuries
et la disette. Chaque mairie devait veiller à la distribution
de bons, fixant pour chaque famille la quantité de pain,
de sucre, de lait (et autres) qu'elle avait le droit d'acheter.

lui donnais mes restes de pâte brisée… Jean était si mignon! Je le revois encore passer devant mes fenêtres basses en sifflant, les mains dans les poches, avant de frapper à ma porte. «Madame Pinsant, vous sentez aussi bon que votre pain», qu'il disait toujours… Au début, je ne voyais que sa tête et sa coupe en brosse filer derrière les carreaux. Puis, avec les ans, il a dépassé le linteau et je n'ai plus vu que ses épaules! C'était un beau grand jeune homme, mais l'air qu'il sifflait était le même et, quand il souriait, il avait toujours l'air d'un gamin… Lorsqu'il est parti, il a emporté avec lui un petit peu du bonheur que j'avais à me lever le matin… Ah! Ça ne me rajeunit pas tout ça, conclut la dame, visiblement émue…

Guillaume ne sait quoi répondre. Il connaît si peu son «père postal», qu'il a l'impression qu'on lui parle de quelqu'un d'autre. Surtout, l'adolescent n'arrive pas à concevoir que son père, un militaire plutôt austère, ait pu être un gamin sifflotant faisant les courses pour sa mère… Sentant l'embarras de son petit-fils, Georgette poursuit la conversation.

— Eh oui! Ces petits sont comme le vent de ma Bretagne natale, ils nous poussent dans le dos! N'empêche que je suis bien contente de l'avoir. Ça va mettre un peu de vie dans la maison. Et pour l'heure, si vous nous trouviez un petit quelque chose de sucré, je vous serais plus que reconnaissante !

Puis, se penchant à l'oreille de Madame Pinsant elle ajoute :

— Vous seriez également bien aimable de me mettre aussi, dès que possible, deux kilos de farine de côté. Je pense qu'en échange de ce service, Jacques sera content de réparer votre camion de livraison… Qu'en dites-vous ?

— La mairie me surveille de près. Mais j'avoue que je serais bien aise de ne plus pousser cette guimbarde dans le coteau, lance la veuve Pinsant les poings sur les hanches. Cette machine crache plus de fumée que le Vésuve !

— Ne vous en faites pas, j'ai des tickets ! Ma sœur, en Bretagne, m'a envoyé les siens par la poste. Vous savez, là-bas, sur la ferme, ils n'en ont pas vraiment besoin.

Après avoir fait un clin d'œil complice à Georgette, Madame Pinsant prend les tickets et se dirige vers sa cave. Guillaume entend vaguement une trappe qui couine sur ses gonds, puis des pas dans un escalier. Au bout d'un moment, la boulangère réapparaît avec quelques toiles d'araignée collées à son chignon poivre et sel. Elle porte contre elle un sac de farine et, du bout des doigts, tient un petit ballotin en papier ciré contenant trois chocolatines.

— Guillaume! Des chocolatines! C'est un vrai miracle, s'exclame Georgette!

— Le miracle serait de pouvoir les multiplier comme le pain sur la montagne! ironise Madame Pinsant, alors que Guillaume lui prend le sac et le ballotin.

L'adolescent songe que la journée s'annonce plutôt bien quand la voix tonnante de son grand-père explose dans l'air, débitant une collection impressionnante de jurons et de gros mots.

Instantanément, Georgette plaque ses mains sur les oreilles de son petit-fils, comme s'il s'agissait encore d'un bambin innocent. Il faut avouer que Guillaume n'a pas entendu autant de grossièretés sortir de la bouche de son grand-père depuis le jour où les petits-fils de Madame Pinsant ont bouché le puits avec de vieux tapis et des couronnes d'ail mises à sécher sur la margelle.

— Jacques vient certainement d'avoir les dernières nouvelles du front, explique la Bretonne en se dirigeant vers la sortie accompagnée de Guillaume.

La boulangère les y devance, ouvre la porte et crie dans l'embrasure:

— Holà, le père Jacques! Si vous continuez à jurer de la sorte, le pain ne lèvera pas!

— On n'aura qu'à étaler notre beurre sur le calendrier des postes, ce sera aussi bon que ce qui sort de vos fourneaux ! gronde la voix s'échappant des volets de la maison voisine.

— Toujours aussi charmant votre homme. S'il n'était pas si doué en mécanique, il aurait fait un excellent singe hurleur pour le zoo de Vincennes ! Je vous souhaite bien du courage madame Georgette, marmonne la commerçante entre ses dents serrées avant de disparaître dans l'arrière-boutique.

— Merci bien ! Désolée…, s'excuse la grand-mère en se faufilant dehors.

Un peu gêné, Guillaume la rejoint sur le pavé. Ensemble, ils marchent jusqu'au portail de la demeure familiale tout à côté de la boulangerie. Le bruit de leurs pas se mêle à l'écho des rugissements de Jacques. Guillaume réprime un fou rire. Georgette s'en rend compte et hausse les épaules en riant :

— Tu as bien raison, il vaut mieux en rire ! dit-elle en s'arrêtant devant la grille, le temps de chercher sa clé dans les multiples poches de sa robe et de sa veste ainsi que dans les nombreux compartiments de son sac à main.

Guillaume soupire d'aise. Il se revoit très petit entre sa grand-mère distraite et son grand-père colérique. Quelques souvenirs lointains lui reviennent en mémoire. Il se sent presque chez lui…

— La voilà, triomphe Georgette en faisant tourner la clé de forge dans la serrure rouillée. Tu sais Guillaume… ton grand-père est comme un vieux chien de garde. Il aboie fort, mais ne mord pas ! Je suis certaine qu'il sera heureux de te revoir, promet-elle en poussant le portail.

Le gamin reconnaît instantanément la maisonnette au toit couvert de tuiles orange. Elle est sise entre de grands parapets sur lesquels s'étreignent capucines et rosiers grimpants. Le terrain est sillonné de minces allées en gravillon blanc contournant des arbustes colorés où nichent des mésanges, sous le regard faussement indifférent des chats qui, depuis toujours, flânent et trouvent refuge dans le jardin de Georgette. Guillaume dépose ses paquets et son sac à dos par terre. Il prend immédiatement dans ses bras un vieux matou tout blanc se prélassant dans une jardinière remplie de fines herbes. Le gamin sourit en câlinant le vieux Bouboule, qui sent bon le basilic et le thym.

Tout-à-coup, un vieil homme portant un maillot de corps blanc et une salopette bleue surgit sur le seuil de la porte.

— Méfie-toi gamin ! Ta grand-mère veut se débarrasser de moi en élevant une armée de chats qui, un jour, me dévoreront pendant mon sommeil.

36

— Est-ce que je pourrai dormir avec Bouboule, demande Guillaume à son grand-père au langage toujours aussi imagé.

— Certainement, tu peux même t'en faire une bonne fricassée, répond Jacques.

— Montre donc sa chambre au petit au lieu de dire des bêtises. Pendant ce temps, je vais nous préparer une petite collation, propose Georgette en ramassant bagages et courses, sans prêter la moindre attention aux railleries de son époux.

Ils entrent dans la maisonnette. Guillaume a tellement grandi depuis sa dernière visite que toutes les pièces lui semblent avoir rapetissé. Devant lui s'ouvre un couloir sombre débouchant sur un escalier. À gauche, le gamin distingue d'abord la chambre de ses grands-parents, suivie d'un petit atelier où son grand-père répare des appareils photo. L'adolescent y jette un coup d'œil. Sur la table de travail reposent une série d'instruments miniatures et de loupes plus ou moins grosses. Guillaume observe cette panoplie lilliputienne en trouvant toujours aussi étonnant que son grand-père, si bruyant et si caractériel, ait pu passer sa vie à réparer de délicats mécanismes, telle une dentellière des vis, engrenages et courroies miniatures…

À droite se trouve une grande salle à manger percée de deux larges fenêtres donnant sur le jardin. Entre les battants vitrés paressent trois gros chatons noirs parmi les pots de géraniums. Enfilant son tablier, Georgette longe la grande table rectangulaire trônant au milieu de la pièce et s'engouffre dans la cuisinette tout au fond.

— Ouais… Allez, suis-moi Chochon, dit le grand-père en empruntant le corridor. Cette fois, pas question pour toi de dormir sur le canapé. J'ai changé les draps dans le lit de ton père. Tu prendras sa chambrine sous le toit. C'est un peu chaud mais, de la lucarne, tu verras la rivière et les bois. Ça te changera des appartements parisiens avec vue panoramique sur les douches publiques et les cheminées d'usines. Sans compter tous ces Teutons qui vont bientôt défiler sur les Champs-Élysées. Nom de nom! Elle va être belle ma retraite! ironise Jacques en s'agrippant à la rampe de l'escalier.

— Pépé, j'ai quinze ans maintenant. Je ne suis plus un bébé. Tu pourrais m'appeler Guillaume plutôt que Chochon, proteste doucement l'adolescent en grattant le menton de son gros matou.

— Foutaise, mon Chochon! Crois-en un vieil ours tel que moi : on n'est jamais trop vieux pour être le minot[9] de quelqu'un qui

9. Minot signifie enfant.

nous veut du bien ! Je vais te dire, la mort ça commence le jour où l'on n'est plus le gamin de personne, affirme le grand-père en montant les marches menant au grenier.

Tout en haut, Jacques pousse une trappe aménagée dans le plafond. L'ouverture donne accès à une pièce mansardée joliment meublée. Guillaume laisse tomber son chat sur le lit. Les murs sont couverts d'une multitude de petits cadres contenant des papillons multicolores et des insectes. Sous la fenêtre est placé un pupitre recouvert de pierres de toutes les tailles et dont on devine l'éclat sous la fine poussière les enveloppant.

— Qu'est-ce que tout ce fourbi ? interroge l'adolescent intrigué.

— C'est le repaire de ton père ! Nous n'avons rien déplacé depuis son départ ! C'était un sacré collectionneur ! Il a trouvé tout ça dans la campagne, quelque part dans la vallée, le long de la rivière. Un vieil abbé savant, l'abbé Breuil, l'avait même pris sous son aile. Ensemble, ils fouillaient la région pour y trouver toutes sortes de vieux fossiles et d'objets en pierre[10]. Le vieux disait que Jean apprenait drôlement vite, qu'il était doué.

---

10. Né en 1877, l'abbé Breuil était un célèbre préhistorien. Il a effectivement eu pour élève un jeune homme dont le nom véritable était Maurice Thaon. Celui-ci connaissait l'abbé Breuil depuis sa plus tendre enfance.

Si tu veux mon avis, ton père aurait pu être un scientifique. Le genre de type en habit qui donne des noms latins aux cailloux. Malheureusement, il aimait trop courir la campagne pour rester à l'école et s'user les yeux à lire des manuels. Je pense que c'est pour ça qu'il est devenu soldat. Je crois qu'il rêvait d'aventure et de pays lointains, question d'aller voir quel genre de bestiole exotique ronge les ananas et les noix de coco… C'est sûrement le sang breton de ta grand-mère qui lui faisait des fourmis dans les jambes. Ici, dans le Sud, on est trop content de naître et de mourir à l'ombre du même clocher.

— J'ai bien peur qu'il ne trouve ni noix de coco ni ananas en Lorraine. Peut-être quelques grenades… mais pas de celles qui se mangent, commente Guillaume avec une légère pointe de reproche, tout en examinant une pierre ressemblant à une feuille aux contours acérés.

— Ce biface est impeccable ! Une pièce de musée, déclare Jacques, désirant changer de sujet.

— Ce quoi ?

— Ce biface ! Tu écoutes quand je te parle ? Cette pierre que tu tiens est une sorte d'Opinel[11]

---

11. Les Opinels sont des couteaux de poche avec manche en bois fabriqués en France par la compagnie du même nom depuis 1890.

préhistorique. Tu sais, notre vallée est vieille comme le monde! Les gens du village ont des ancêtres plus anciens que tous les beaux monuments de Paris! D'après ce qu'on raconte, nos terres sont habitées depuis plus de dix mille ans. Avant qu'on y bâtisse maisons, magasins et fermettes, des hommes à gueule de singe portant des caleçons de bison y chassaient l'ours à coups de bâton!

Le grand-père et son petit-fils éclatent de rire. Ils sont interrompus par Georgette qui les appelle d'en bas:

— Qu'est-ce que vous fabriquez là-haut? Venez goûter[12], c'est prêt!

— Allons, ne nous attardons pas trop... Si tu veux en savoir plus, tu peux toujours parler à Monsieur Laval, l'instituteur du village. Il sera bientôt en vacances et il adore tous ces vieux trucs, suggère le grand-père en s'engouffrant déjà dans l'escalier, visiblement attiré par l'odeur du café.

Rêveur, Guillaume s'attarde dans la chambre. Il examine le biface et s'approche de la fenêtre pour observer la rivière déposée sur le paysage tel un ruban argenté.

— J'ai du mal à croire que mon père ait pu courir en sandales derrière des papillons, dit Guillaume à Bouboule. À vrai dire, je ne

---

12. Goûter signifie ici prendre une collation.

suis pas certain de l'avoir déjà vu sans son uniforme… Il affirme qu'acheter des vêtements civils est inutile, puisqu'il a si peu l'occasion d'en porter. Finalement, les chênes bordant la rivière doivent le connaître mieux que moi. D'ailleurs, je te laisse imaginer tout ce que cette rivière a dû voir passer en dix mille ans… Je parie qu'en cherchant bien, je peux trouver d'autres objets et reprendre la collection de mon père. Qu'est-ce que tu en penses, Bouboule?

Mais le chat dort déjà, le museau dans sa queue, sur la couette moelleuse.

# 4

# Attila et Gengis Khan

**A**ttablé, Guillaume se délecte du chocolat chaud que lui a préparé Georgette, tout en dévorant sa chocolatine. Jacques met quatre sucres dans son café.

— Jacquot ! Le docteur t'a déjà expliqué que tu devais prendre moins de sucre ! proteste Georgette.

— Est-ce ma faute si ton café est trop amer. Vous les Bretons, c'est pas du café que vous faites, c'est du « fuel à dragon » ! Un truc à faire cracher le feu !

Les grands-parents se chamaillent quand, subitement, s'éveillent les chatons qui sommeillaient sur le rebord des fenêtres. Apparemment pris de panique, ils sautent et dérapent sur le carrelage de la salle à manger avant de disparaître sous le mobilier.

— Vous leur avez fait peur ! s'écrie Guillaume un peu agacé.

— Mais non ! Ils ont flairé la catastrophe, tout simplement ! déclare Jacques. À mon avis, le péril mongol n'est pas loin ! précise-t-il.

— Quand vas-tu donc arrêter de les appeler comme ça ! demande Georgette exaspérée.

— Le péril quoi ? bafouille Guillaume un peu confus.

— Tu sais bien… Rémi et Simon… Attila et Gengis Khan ! Les deux petits-fils de Madame Pinsant ! Deux galopins plus destructeurs que les rois des Huns et des Mongols réunis ! explique le grand-père alors que, devant le portail, surgissent deux gamins hirsutes.

— Tu te souviens d'eux ? Ils doivent revenir de l'école. Ils ont dû apprendre que tu étais là. Va donc les rejoindre. Ils sont toujours aussi turbulents, mais ils ont bon cœur, précise Georgette.

Guillaume hésite un peu, car les gamins Pinsant sont plus jeunes que lui. Mais puisqu'il est là pour un bout de temps, autant faire connaissance…

L'aîné, Rémi, est très maigre avec des oreilles décollées, de longs bras et des genoux cagneux. Il tient une laisse au bout de laquelle gigote un fox-terrier. L'animal griffe les souliers et mordille furieusement les lacets de son maître.

— Calmos Robot! arrête de t'énerver comme ça, ordonne-t-il à l'animal.

Le cadet, Simon, est moins grand, mais beaucoup plus costaud. Il est tout frisé et porte des lunettes épaisses qui lui glissent constamment sur le nez.

— Salut, ma grand-mère nous a expliqué que tu étais venu te réfugier chez tes grands-parents. J'avoue que je ne suis pas certain de savoir quel mal je choisirais entre les Allemands et servir de zone démilitarisée entre Georgette et Jacques. Enfin… dans ton malheur tu as tout de même la chance de pouvoir sécher les derniers jours d'école, dit Simon en remontant ses verres avec son index.

— Ouais, j'ignore pendant combien de temps nous allons être voisins…

— À mon avis, c'est pas demain la veille que tu retrouveras ton trois pièces dans le 14e.[13] T'as pas entendu la nouvelle? Il paraît que les Allemands ont passé la frontière. Papa dit que c'est la fin des haricots! Il a caché de

---

13. Le 14e arrondissement est un quartier populaire de Paris.

la nourriture, du vin et des armes dans le bois. Il dit que les *Frisés*[14] vont nous faire des misères et que nous allons leur servir de garde-manger, laisse tomber Simon.

— Ils ne vont tout de même pas nous manger ! s'indigne Rémi.

— Mais non, banane ! S'ils prennent le pays, ils vont piquer nos récoltes et tout donner à leurs soldats ! Tout va y passer, du pain de mémé à ce qui sort des usines du coin. On sera comme les Indiens d'Amérique, tout juste bons à mettre dans des réserves. Y'aura la casquette de tonton Jules dans une vitrine du Musée de l'Homme[15] !

Les deux frères se mettent à rigoler, mais le jeune réfugié n'a pas le cœur à rire…

— Avez-vous appris autre chose ? Mon père est en Lorraine et ma mère est à Paris.

— C'est pas de chance… Notre père à nous a été réformé, il n'a pas eu à partir parce qu'il est sourd d'une oreille depuis la dernière guerre, dit Rémi.

— J'ai entendu dire qu'au front les soldats français se battent toujours. Certains fuient vers Dunkerque et espèrent rejoindre

---

14. *Frisés* est un mot péjoratif signifiant *Allemands*.
15. Le Musée de l'Homme a pour vocation les sciences de l'homme. Il tente de réunir tout ce qui participe à la définition de l'être humain. Cette institution est installée dans l'aile ouest du palais de Chaillot, à Paris, depuis 1938.

l'Angleterre. D'autres quittent la ligne Maginot et fuient devant l'avancée allemande en espérant rejoindre des troupes plus au sud. Beaucoup sont faits prisonniers ou se cachent dans la cambrousse[16]. Ton père peut être n'importe où. Désolé vieux, conclut Simon en déposant fraternellement sa main sur l'épaule de Guillaume.

— En attendant, mon frangin et moi avons prévu de nous construire un blockhaus dans les bois. Un endroit où se cacher en cas de coup dur ! annonce Rémi, enthousiaste.

— Pourquoi pas, laisse tomber Guillaume, convaincu que tout est bon pour oublier le triste constat des derniers jours…

---

16. Cambrousse est un mot d'argot signifiant la campagne.

# 5

# La randonnée

Quelques semaines plus tard, Guillaume, Rémi et Simon sont assis par terre sous une corniche de pierre suspendue au-dessus d'un renfoncement dans le flanc d'une falaise. Au fil du temps, leur cachette secrète s'est remplie d'objets insolites dérobés ici et là : hachettes, cordes, gourdes, lampes à pétrole, pelles... Guillaume savoure ces escapades dans les bois, loin du village avec tous ces réfugiés qui hantent les rues et loin des villageois aux mines angoissées.

Car les nouvelles sont de plus en plus mauvaises... Les troupes allemandes, bénéficiant d'une intense couverture aérienne, avancent vers Paris. La plupart des gens sont fébriles. Les uns prient pour la victoire alors que les autres se demandent s'il ne vaudrait pas mieux rendre les armes avant que tous les fils de la France n'aillent rejoindre leurs pères morts au champ d'honneur durant la guerre de 14, celle qui devait être «la der des der», la dernière des dernières...

Entre les cimes des arbres, Guillaume observe le vol plané d'un balbuzard. Il se concentre et tente de s'imaginer ainsi, glissant dans les cieux... Malgré les efforts qu'il déploie pour penser à autre chose, un mauvais souvenir se faufile dans son esprit. Celui d'un appel téléphonique reçu la veille. La ligne était si mauvaise que l'adolescent n'avait compris qu'un mot sur deux avant d'être coupé. Il ne pouvait dire si Hélène l'avait reconnu au bout du fil. La voix saccadée de la femme semblait plutôt s'adresser à Jacques et Georgette : «Ils sont partout... hôpital déborde... Jean... embrassez le petit...» Guillaume avait répété le message à ses grands-parents. Moins de dix mots... «Rien pour nous rassurer», avait dit Jacques. «Pas de quoi paniquer», avait ajouté Georgette. Guillaume, lui, n'avait pu fermer l'œil de la nuit... Allongé sur son lit, il avait longuement observé le disque lunaire à travers la fenêtre de la lucarne. Dans le silence de la nuit, l'adolescent avait adressé ses reproches aux étoiles, faute de pouvoir confronter son père. Quand on veut courir la Terre et les sept mers : on n'a pas d'enfant... On ne se marie pas non plus. On n'oblige pas une épouse fidèle à vivre comme une nonne. On ne la laisse pas dans l'attente du prochain retour, comme ces vieilles Bretonnes dont parlait parfois Georgette. Ces femmes qui passent leur vie au port à espérer la réapparition miraculeuse d'un époux disparu en mer. Et surtout, surtout... on n'abandonne pas sa famille quand le pays tremble sous les bottes des soldats...

— Ce n'est pas juste ! proteste Rémi en reniflant.

Sur sa figure on distingue encore le profil d'une main laissé par la formidable gifle qu'il a reçue plus tôt. Robot tente de réconforter son maître en lui léchant le visage.

— Tu parles d'une idée... piquer les médailles de papa et te traîner dans la boue avec ! À quoi as-tu pensé ? Pour sûr, tu allais te faire pincer !

— Je voulais être général... C'est nul un blockhaus sans général...

— Je trouve qu'il y a bien assez de gens pour jouer à la guerre, coupe Guillaume en se levant. Et si on cherchait des fossiles ? Mon grand-père dit qu'il y en a beaucoup au bord de la Vézère ?

51

— Ouais, Monsieur Laval nous en a déjà parlé… Il raconte qu'avant, il y avait ici des Gros-moignons, dit Rémi.

— Pas des Gros-moignons! Des Cro-Magnon! précise son frère indigné en remontant ses lunettes… C'est vrai que j'ai déjà vu des gens faire des kilomètres pour venir remuer la terre dans le coin et y ramasser de ces vieux cailloux. Il paraît que c'est pour la science, mais mon père pense qu'il faut toucher la bombe[17] pour faire des pâtés dans le sable quand on a de la barbe au menton.

— D'accord, mais il n'y a pas que des fossiles au bord de la rivière. Il y a aussi des écrevisses, susurre Guillaume.

Les temps étant plutôt durs et les repas quotidiens plutôt maigres, Guillaume n'a aucun mal à prendre ses amis par l'estomac. Le gamin entraîne donc Simon et Rémi vers la rivière. Robot court loin devant, poursuivant les écureuils. Le Parisien écoute le vent jouant dans le feuillage touffu de la forêt au travers duquel le soleil projette furtivement quelques paillettes d'or qui s'allument et s'éteignent sur le sentier. La forêt sent bon la verdure et les feuilles mortes. Rémi trébuche sans arrêt sur les grosses racines couvertes de mousses dessinant des arabesques sur le chemin de

17. Expression du sud de la France signifiant « être fou. »

terre. Il traîne sur son dos un vieux drap replié contenant une pelle, de la corde, des seaux et autres outils qui pourraient s'avérer utiles dans l'exploration de la rivière.

Soudain, loin devant, le fox-terrier pousse un long jappement plaintif. Rémi laisse aussitôt tomber son chargement.

— Robot ! crie-t-il en dévalant la piste.

Les garçons courent en appelant désespérément l'animal qui demeure introuvable.

— Taisez-vous ! ordonne Simon. Si nous continuons à gueuler comme ça, nous ne le retrouverons jamais.

Les compères, hors d'haleine, reprennent leur souffle en tendant l'oreille.

— Je crois l'entendre, espère Guillaume, mais on dirait qu'il est à des kilomètres…

— Pourtant, il n'a pas pu aller bien loin, commente Simon qui perçoit, lui aussi, des aboiements feutrés.

— Je n'entends rien, se lamente Rémi.

— Avec des oreilles pareilles ! De vrais aérofreins ! Tu le fais exprès ! Concentre-toi un peu. Je crois que ça vient de là-bas… rétorque Simon en pointant du doigt un terrain en pente douce.

Les gamins fouinent partout, tentant de retrouver la trace du chien. Tout en appelant Robot, Guillaume s'approche d'un immense chêne gisant sur le sol. L'adolescent ne peut s'empêcher de se demander comment un arbre aussi imposant a pu tomber. Il examine la fosse sombre où plongeaient autrefois les racines du géant.

Guillaume sursaute. Il aperçoit quelque chose qui bouge au fond du trou. L'adolescent se rend compte que le fox-terrier est tout en bas.

— Ici! Ici! triomphe Guillaume. Robot est tombé dans un trou! Il est là!

Les frères Pinsant arrivent aussitôt.

— Robot! Robot! Viens mon chien, répète Rémi!

— Et comment veux-tu qu'il vienne? En volant? C'est inutile, explique Simon, il n'arrivera jamais à remonter seul de ce trou! Il faut aller le chercher. Attache la corde à la souche. L'un de nous doit descendre.

— J'y vais, déclare Guillaume qui, étant le plus âgé, considère qu'il a l'obligation de prendre la situation en main.

Aussitôt dit, aussitôt fait. Une des extrémités de la corde est fixée au chêne et Guillaume glisse son pied droit dans un nœud coulant formant un étrier à l'autre bout. Rémi et Simon retiennent la corde et font lentement glisser leur ami dans l'ouverture.

Guillaume se cogne partout, écorchant ses coudes et ses genoux. Tout autour de lui, la terre s'effrite et l'air se charge d'une poussière

54

étouffante. Bientôt, l'adolescent touche le sol. En toussant, il tente veinement d'enlever la crasse recouvrant ses vêtements et ses cheveux.

— Est-ce que ça va ? interroge Rémi.

La question résonne dans la cavité. Guillaume lève la tête. Loin au-dessus de lui, cerclés de lumière, il contemple ses compagnons semblables à une bête à deux têtes. L'adolescent est plongé dans les ténèbres :

— Je vais bien mais je ne vois pas Robot. En fait, je n'y vois rien du tout. Rémi, est-ce que tu as une lampe dans ton sac ?

— Pas de problème, répond Simon. On a emprunté la lampe Pigeon[18] de notre grand-mère. Je te la fais descendre avec des allumettes…

La petite lampe d'étain se balance au bout de la corde, dansant au rythme des éclats de voix des frères Pinsant.

— Fais gaffe ! Tu vas la briser, proteste Rémi.

— C'est toi qui donne trop de mou, réplique Simon.

— Trop mou toi-même…

Alors que Simon et Rémi se chamaillent, Guillaume s'étire et attrape la lampe. Il récupère les allumettes placées dans le globe de verre qu'il retire et allume la mèche. Il ajuste

18. La lampe pigeon est une lampe à essence minérale inventée en 1882 par Charles Pigeon.

la flamme qui charbonne et remet le globe en place. L'adolescent est pris d'une étrange sensation, comme s'il était observé. Nerveux, il éclaire les parois.

Ce qu'il y voit le laisse pantois.

Les murs entourant le gamin sont recouverts de dessins étranges. Des bêtes aux profils variés courent sur la pierre. Sous la frêle lumière de la lampe Pigeon, la horde fabuleuse vibre et triomphe de la noirceur, comme si elle se réveillait enfin après une interminable nuit. Guillaume en a le souffle coupé. Il s'approche de l'une des fresques. Du bout des doigts, il effleure le poitrail d'un taureau. De petits pigments rougeâtres collent sur sa peau… Guillaume regrette aussitôt son geste. Il a l'intime conviction qu'il ne faut rien toucher. Rien avant d'en savoir plus… Qui a peint ces choses et pourquoi ? Soudain, Robot se fait entendre. Ses jappements étouffés viennent de loin. Tout au fond de la grotte, Guillaume découvre un passage s'enfonçant un peu plus loin dans la terre.

Simon et Rémi cessent aussitôt de se disputer.

— C'est Robot ! Guillaume, est-ce que tu le vois ? Est-ce qu'il va bien ?

— Je crois… je crois que vous devriez descendre les gars, se contente de balbutier l'adolescent.

# 6

## Une découverte

— Qu'est-ce que ça peut bien être ? s'interroge Simon, bouche bée devant les peintures.

— On s'en fiche ! Robot ! Robot, où es-tu ? hurle Rémi.

Le chien répond, mais reste invisible.

— Il y a un passage au fond de la grotte. Je crois qu'il s'y est égaré, explique Guillaume. Mais je ne suis pas certain que nous devrions nous aventurer trop loin dans cet endroit.

Insensible au mystère et aux dangers qui l'entourent, Rémi saisit la lampe et s'enfonce dans le passage. Simon et Guillaume vont à sa suite d'un pas incertain.

— Il est là ! Robot, mon toutou. Tu m'as flanqué une de ces trouilles ! Viens ici et sortons de ce trou ! s'exclame Rémi.

Le gamin prend aussitôt son chien sous le bras et éclaire ses compagnons d'un air triomphant :

— Je l'ai !

Simon et Guillaume ne réagissent pas. Ils ont les yeux rivés aux parties supérieures des parois. D'énormes chevaux gris et de grosses vaches rousses y galopent à plus de deux mètres du sol.

— Je ne sais pas pour toi, mais je pense qu'on a trouvé mieux que des fossiles, constate Simon.

— En tous cas, c'est certainement mieux que des écrevisses, commente Guillaume.

— Ça reste à voir. Moi, entre les vaches volantes de cette grotte et un rosbif, je n'hésiterais pas longtemps, pas vrai Robot… Et puis vaches volantes ou pas, je suggère de ne pas s'enraciner ici.

— Pour une fois, mon frère a raison. Il faut sortir d'ici et prévenir quelqu'un.

— Mon père aurait adoré, murmure Guillaume avec une certaine amertume.

Réalisant qu'il vient de parler de son père au passé, le Parisien se fige et un étau lui serre le cœur. Au fond de lui-même, il sait bien qu'un « père postal » vaut mieux que pas de père du tout… Seulement voilà, l'idée qu'il puisse être orphelin est parfois si insupportable que Guillaume préfère s'imaginer qu'il ne ressent rien d'autre que de l'indifférence et de la colère à l'égard de son père...

Un immense sentiment de culpabilité l'envahit. L'adolescent s'en veut d'avoir eu de mauvaises pensées à l'égard de Jean. D'autant plus qu'ici, dans ce village et cette forêt où plane le souvenir du «Renard», l'adolescent se sent étrangement proche de l'officier. Guillaume inspire profondément. *Il reviendra... N'y a-t-il pas quelque chose de magique dans cette forêt? Dans cette grotte? Oui, Jean reviendra. Les noyers et les chênes tendus vers le ciel sauront l'appeler et le guider...*

— Pourquoi ne pas en parler à Monsieur Laval? suggère abruptement Simon.

Tiré de sa rêverie, Guillaume acquiesce alors que Rémi se dirige déjà vers la sortie en râlant:

— Monsieur Laval, Monsieur le curé, le maire, le pape, les sept nains ou le lapin de Pâques... avertissez qui vous voudrez, moi, je m'en vais, déclare-t-il en retournant sur ses pas comme un prince avec Robot et la lampe Pigeon.

Avant d'être avalés par la noirceur, Simon et Guillaume filent derrière lui.

# 7

## La nouvelle

Le village est étrangement calme. La bicyclette du postier est abandonnée sur le trottoir et repose sur sa sacoche pleine de courrier. Quelques lettres s'en échappent et s'envolent en tourbillonnant. Tout le monde semble être rentré précipitamment à l'intérieur des maisons et des bâtiments. Seule une famille lancée sur les routes par la guerre marche silencieusement à travers la commune fantôme en transportant sont lot de valises en carton bouilli et quelques biens entassés dans une brouette sur laquelle trône une toute petite fille qui, innocemment, chante : « À dada sur mon bidet, quand il trotte, il trotte… »

Il y a aussi le bedeau et le curé qui discutent sur le parvis de l'église :

— Il faut faire sonner les cloches dit le premier.

— Et pourquoi pas des feux d'artifice! fulmine le second! Tu ne comprends donc pas que c'est le début du drame et non la fin!

Tout à l'enthousiasme de leur découverte, le trio ne fait pas attention à cet étrange dialogue et traverse le préau en courant. Ils filent à l'intérieur de l'école où leurs pas résonnent dans le long corridor au parquet ciré flanqué de salles de classe vides. Une voix nasillarde résonne dans le bâtiment. Elle s'échappe d'un local où les jeunes garçons trouvent enfin Monsieur Laval et ses collègues, regroupés autour d'un poste de radio. Tous écoutent religieusement…

«Français, à l'appel de Monsieur le Président de la République, j'assume à partir d'aujourd'hui la direction du gouvernement de la France… En ces heures douloureuses, je pense aux malheureux réfugiés qui, dans un dénuement extrême, sillonnent nos routes. Je leur exprime ma compassion et ma sollicitude. C'est le cœur serré que je vous dis aujourd'hui qu'il faut cesser le combat… Je me suis adressé cette nuit à l'adversaire pour lui demander s'il est prêt à rechercher avec nous, entre soldats, après la lutte et dans l'honneur, les moyens de mettre un terme aux hostilités. Que tous les Français se groupent autour du gouvernement que je préside pendant ces dures épreuves et fassent taire leur angoisse pour n'écouter que leur foi dans le destin de la patrie…[19]»

— Chouette! La guerre est finie! lance une jeune institutrice avec des nattes rousses s'échappant d'un mauvais fichu…

— Mais tais-toi donc, malheureuse! gronde une femme en chasuble brandissant un plumeau sous le nez de la rouquine.

— Quelle honte! Quand je pense à tous mes potes qui engraissent les prés de la Somme! déclare un grand moustachu[20]. Il a du culot ce Pétain! On ne donne pas la France aux Germains comme on s'échange des billes!

— Ouais, je ne sais pas ce que vous en pensez les gars, mais moi… je n'ai pas perdu mes vingt ans au *casse-pipe* pour que mon petit-fils devienne un buveur de bière et un mangeur de choucroute! grogne un autre.[21]

— Vous n'avez donc pas vu assez de morts dans votre jeunesse? Il vous faut nos

---

19. Ce discours fut prononcé par le maréchal Pétain le 17 juin 1940.

20. Durant la Première Guerre mondiale, entre 1914 et 1918, les forces françaises et les alliés durent tenir tête aux Allemands sur un front situé en Picardie, dans la région de la Somme. On estime que plus d'un million d'hommes y trouvèrent la mort.

21. Le *casse-pipe* est une expression désignant la guerre, ou encore le front. La choucroute et la bière sont des plats typiquement allemands. Pendant la guerre, les Français désignaient l'ennemi par l'expression *mangeurs de choucroute*.

frères et nos fiancés ! À quoi bon avoir un drapeau à la place du cœur, ce ne sont que des chiffons dont on recouvre des cadavres médaillés ! proteste la rousse.

Cette réplique soulève aussitôt un tollé. Le ton monte et Guillaume craint que la bagarre n'éclate. Par bonheur, tous sont vite interrompus par Robot qui, excité par les cris, se met à aboyer furieusement… Assis sur un pupitre, près de la radio, Monsieur Laval aperçoit alors les gamins et met immédiatement fin au débat.

— Je pense qu'il est déjà assez navrant d'avoir été vaincus par l'Allemagne sans, en plus, se battre entre nous. Par ailleurs, qu'Hitler et Pétain s'échangent des poignées de main ou se crachent à la figure ne change rien au fait que nous devons terminer le ménage de l'école avant les grandes vacances. Je suggère donc que tout le monde se remette au boulot, sermonne-t-il avant d'éteindre la radio.

Le groupe d'instituteurs se disperse aussitôt. Certains se dévisagent avec des regards noirs, d'autres quittent la pièce avec l'air absent, visiblement perdus dans leurs pensées. Seuls restent Monsieur Laval et les gamins.

— Dites Monsieur… qu'est-ce qui se passe ? Pourquoi vous vous bagarrez ? demande Rémi.

— Disons que, d'après ce que j'ai compris, les Allemands sont entrés dans Paris il y a deux jours[22]. Ils n'ont même pas eu à se battre! La Ville Lumière s'est rendue avant même d'être assiégée! Ma sœur, qui vit dans l'Essonne, a réussi à me passer un coup de fil ce matin. Elle dit que les Allemands se disputent déjà les plus beaux coins de Paris pour installer leur gouvernement[23]. Mais, ici, au sud, le maréchal Pétain a conclu une entente avec l'Allemagne pour que nous demeurions gouvernés par des Français pas trop rancuniers vis-à-vis de l'envahisseur. Évidemment, tout le monde n'est pas forcément prêt à mettre des pâquerettes à la boutonnière du Führer[24]!

« Mais tout ça est bien compliqué… Et qu'est-ce que vous faites ici les petiots? C'est mercredi. Il n'y a pas cours aujourd'hui… Et

22. Les Allemands sont entrés dans Paris le 14 juin 1940.

23. Durant l'occupation, les forces d'occupation allemandes ont réquisitionné plusieurs immeubles dans les plus prestigieux quartiers de Paris dont la place de l'Opéra, la place Vendôme, la rue de Rivoli, les Invalides, le quai d'Orsay…

24. Le 17 juin 1940, le maréchal Pétain fit un appel radiophonique enjoignant les Français à se rendre. Quelques jours plus tard, le 22 juin, il signe l'armistice avec les Allemands. Il cède à ces derniers tout le Nord de la France qui doit subir l'occupation allemande. La partie sud de la France reste libre. Cependant, Cette France libre est dirigé par Pétain et son gouvernement, le gouvernement de Vichy, qui collabore avec les Allemands.

qu'est-ce que c'est que cette tenue. Vous êtes plus crottés que des égoutiers… On vous reconnaît à peine sous toute cette crasse. Et toi… qui es-tu donc?

— Je suis Guillaume Goupil, le petit-fils de Jacques et Georgette Goupil, bredouille Guillaume, blanc comme un linge en apprenant que les Allemands sont à Paris, ce qui, du coup, explique le ton inquiétant que sa mère avait au téléphone.

Simon et Rémi se taisent, gênés et ne sachant que dire…

L'instituteur comprend vite la situation et s'exclame avec assurance:

— … le fils du «Renard»! Ça alors! J'ai bien connu ton père, tu sais, dit l'homme en descendant du pupitre. Tu vois cette énorme bosse sur mon tibia? Je me la suis faite en tentant de battre ton père à la course dans l'enfilade de tilleuls bordant la caserne des pompiers. À cette époque, tous les garçons devaient un jour relever le défi: c'était une question d'honneur. Il fallait d'abord grimper dans le tilleul bossu, près de l'entrée de la caserne, et remonter l'allée en passant d'un arbre à l'autre sans redescendre, en s'agrippant aux branches, comme des petits Tarzan… Ton père était champion à ce jeu! Fort comme un lion, agile comme un singe, rapide comme une gazelle! Une jungle à lui tout seul!

— Vous êtes tombé ? demande Simon.

— Et comment ! J'ai fait une sale chute ! Je me suis cassé la jambe et Jean a dû me porter sur son dos jusqu'à la maison. Mais ce n'était rien, comparé à la correction à laquelle j'ai eu droit pour ma bêtise… La bonne chose, dans tout ça, c'est que vingt ans plus tard, cette blessure me permet de rester avec vous plutôt que d'aller à la guerre.

Guillaume sourit tristement, de plus en plus convaincu que le fait de s'appeler Goupil signifie beaucoup plus qu'une simple condamnation à collectionner des cartes postales, mais doutant de plus en plus revoir un jour son père.

— Je monte très bien dans les arbres moi aussi, affirme Rémi.

— Je l'espère pour toi ! Il te faudra grimper bien haut pour échapper à ta grand-mère quand elle verra dans quel état vous êtes !

— Tout le monde s'en moquera quand ils verront ce que nous avons trouvé, annonce Simon avec le ton calme de ceux qui ménagent leurs effets.

— Ah bon ? Et qu'est-ce que vous avez trouvé ? Le tombeau de Cléopâtre ?

— Non, une grotte !

— Désolé de te l'apprendre, Rémi, mais la Dordogne est plus trouée que le gruyère qui

faisait autrefois la joie de nos sandwichs…
Des grottes, il y en a partout ! Ce n'est pas
ça qui va te tirer d'affaire !

— Ce n'est pas n'importe quelle grotte…
précise Simon.

— C'est une grotte peinte… continue
Guillaume en reprenant sa contenance. Il y
a des animaux partout sur les murs, au plafond… Des animaux gris, noirs, jaunes,
rouges…

Monsieur Laval reste sans réplique. Il toise
intensément les enfants, avec l'air sévère des
instituteurs qui, soupçonnant qu'une faute a
été commise, provoquent des aveux avec la
seule force de leur regard inquisiteur. Mais,
les gamins ne se dégonflent pas.

— Ça n'a rien d'une blague, se défend
Rémi.

— Vous n'avez qu'à venir voir vous-
même, propose Guillaume.

Alors, l'expression de l'instituteur change
du tout au tout. Il semble fébrile et se met à
fouiller dans une bibliothèque contre le mur.
Il en sort un livre très lourd relié de cuir. À
l'intérieur, entre des pages de papier oignon,
se trouvent des planches avec des dessins
étranges. Il tient le livre ouvert sous le nez
des garçons :

— Ce que vous avez vu ressemblait-il à
ceci ?

— C'était tout à fait ça, confirme Guillaume, alors que Rémi et Simon opinent de la tête.

Rémi tente de lire le texte accompagnant les planches. Les quelques paragraphes sont en espagnol :

*Las Cuevas de Altamira fueron descubiertas en 1879 por Marcelino Sáinz de Sautuola*[25]. Qu'est-ce que ça veut dire ?

— Ça veut dire que vous allez avoir un 20 en histoire[26]... Guillaume, ton grand-père pourrait-il nous prêter un appareil photo ?

---

25. Traduction : « Les grottes d'Altamira découvertes en 1879 par Don Marcelino Sainz de Sautuola. » Archéologue, Don Marcelino Sainz de Sautuola fouilla la grotte baptisée *d'Altamira*, au nord de l'Espagne et y découvrit de nombreuses gravures et peintures pariétales, parmi les premières découvertes en Europe. Il attribua ces peintures à l'époque du Renne. On l'accusa longtemps d'avoir monté un canular, car les fresques découvertes semblaient trop raffinées, selon de nombreux scientifiques, pour être le fait d'hommes primitifs.

26. En France, les écoliers sont notés sur vingt points et non sur cent.

# 8

# Les mystères
# de la grotte

— Nom de Dieu, de bon Dieu, de saloperies de…

En grommelant, Jacques se laisse glisser dans le trou menant à la grotte. Plutôt corpulent et portant un gros sac de toile sur le dos, il provoque au passage une pluie de pierraille qui s'abat sur Monsieur Laval et les enfants, qui sont déjà en bas.

— Eh bien! lance l'instituteur en secouant ses cheveux maculés de poussière. C'est la veuve Pinsant qui avait raison! Vos colères provoquent réellement des tremblements de terre!

Ces mots à peine prononcés, Jacques tombe presque sur le sol. Les jurons du vieil homme résonnent dans le noir alors qu'il se relève en se massant les reins.

— Ça vous fait marrer hein! Et bien on verra ce qu'il vous en coûtera de jouer les abbés Faria quand vous aurez mon âge[27]! Avec tout ça, j'espère seulement ne pas avoir abîmé mon Agfa[28].

— Vous avez raison… ce serait une pitié de ne pouvoir photographier tout cela, dit l'instituteur ébahi en éclairant les parois de la grotte avec sa lampe de poche. Les enfants, je ne voudrais pas me prendre pour Napoléon, mais je crois bien que, du haut de cette voûte, une bonne dizaine de milliers d'années vous contemplent[29].

Devant ce spectacle, Jacques perd momentanément ses manières bourrues. Ses lèvres tremblent légèrement alors qu'il admire les chevaux, les rennes et les bisons qui parent la pierre de couleurs encore vives et chaudes.

---

27. L'abbé Faria est un personnage d'Alexandre Dumas. Dans le roman intitulé *Le comte de Monte-Cristo,* l'abbé Faria tente de s'échapper du château d'If en creusant un très long tunnel.
28. Les Agfas étaient des appareils photo allemands largement utilisés en France durant les années quarante.
29. Les paroles exactes de Napoléon Bonaparte furent : «Soldats, du haut de ces pyramides, quarante siècles vous contemplent.» Il fit ce commentaire célèbre à ses officiers au début de la bataille des pyramides, le 21 juillet 1798, au pied des pyramides de Gizeh.

— Ils ont l'air à peine secs, murmure Jacques, comme s'il craignait soudainement de déranger le calme séculaire des lieux. Chochon, donne-moi vite mon appareil, ajoute-t-il en gardant le nez en l'air et en agitant la main vers son sac.

Rémi et Simon pouffent de rire en entendant le surnom de Guillaume, mais Monsieur Laval se met aussitôt à distribuer les ordres.

— Vous avez raison. Prenez le plus de photos possible avant que la nuit ne tombe. De mon côté, je vais effectuer un ou deux calques avec du papier cristal. Je vais faire circuler des clichés et des croquis de notre découverte. Quelqu'un saura bien nous informer sur la nature précise de ces fresques.

— Parce que c'est NOTRE découverte maintenant, laisse tomber Rémi un peu piqué.

— Bon, bon, VOTRE découverte, si tu préfères, concède l'instituteur.

— C'est plus précisément la découverte de Guillaume. C'est lui qui est descendu en premier, rectifie Simon.

— Ben, à vrai dire, c'est plutôt Robot qui est tombé dans le trou...

Jacques coupe la parole à Guillaume :

— Au lieu de vous passer mutuellement de la pommade, passez-moi donc mon trépied...

Pendant que Jacques installe son appareil, Monsieur Laval dépose un peu partout des lampes de poche carrées. Puis, il s'installe près de la représentation d'un cheval gris, la seule fresque à sa portée. Il déploie dessus un grand carré de papier cristal qu'il fixe à la paroi avec du sparadrap. Alors, avec un petit crayon à pointe fine, il reproduit le dessin dont les courbes sont visibles en transparence.

Tout près de là, aidé des garçons, Jacques fait de son mieux pour fixer sur pellicule les fresques sorties de la nuit des temps. Le flash de l'appareil jette ici et là une lumière crue et froide sur les œuvres dont la pierre a si longtemps gardé le secret. Mais après quelques clichés, les lampes flash sont vite brûlées.

— Qu'est-ce qu'on fait maintenant ? se désole Guillaume. Presque tous les magasins sont vides depuis des semaines. Nous ne trouverons pas de lampes de rechange.

— Et bien on fera sans, déclare le grand-père en fouillant dans son sac. Vous, les gamins, avez l'air de croire qu'on a toujours eu l'eau à l'évier et un commutateur pour la lumière ! La vérité est qu'en cas de besoin, il y a de bons vieux trucs qui marchent toujours, comme ce petit « cocktail spécial Jacquôt ».

Le vieil homme retire alors de son sac un bocal rempli d'une poudre grisâtre qu'il passe sous le nez de chaque gamin.

— Qu'est-ce que c'est ? demande Rémi, fasciné.

— Ça, mon petiot, c'est de la foudre en pot, du ruine-moustache à photographe. Un petit mélange unique de magnésium, de chlorate de potassium et de souffre.

— De la poudre-éclair[30], j'ignorais qu'il s'en faisait encore ! s'exclame Monsieur Laval.

— Évidemment, ça ne se trouve pas entre deux saucissons chez la charcutière ! Mais nous sommes encore quelques vieux druides en salopettes à en connaître la recette magique. Regardez bien, les minots…

Alors, dans la pénombre de la grotte, pour le grand plaisir des gamins Pinsant, Jacques joue aux grands sorciers en préparant la poudre qui, une fois enflammée, illumine la salle entière comme si un éclair venait de frapper la caverne. Content de son petit effet, alors que la fumée se dissipe, Jacques triomphe :

— Et ta grand-mère qui n'arrête pas de me harceler pour que je nettoie mon atelier et que je me débarrasse de mes vieilleries ! Ils vont lui en boucher un coin, mes clichés, en première page des journaux.

---

30. Entre 1860 et 1920, les photographes utilisaient de la poudre-éclair au lieu de flash. Il s'agissait d'un mélange à base de magnésium, de chlorate de potassium et de souffre qui, une fois enflammé, se consumait très rapidement en produisant un éclair lumineux.

# 9

# La discorde

— **N**e me dis pas que tu vas encore y passer la journée de demain ! soupire Georgette. Voilà plus d'une semaine que tu vis sous terre, dans cette grotte. Bientôt, tu seras plus blanc qu'un cachet d'aspirine !

Cela dit, les coudes sur la table, la vieille dame souffle sur le bol de soupe brûlante qu'elle tient juste en dessous de son nez qui rougit sous l'effet de la chaleur. La bouche pleine, Guillaume n'a pas le temps de répondre.

— Mais laisse-le donc tranquille ce gamin ! Il s'amuse bien dans cette grotte avec Monsieur Laval. Tu voudrais peut-être qu'il tricote des bandages pour les soldats avec toi toute la journée ! Il sera assez vite passé le temps où il rentrera ici avec les genoux écorchés, de la crasse plein les oreilles et des accrocs au pantalon, proteste vivement Jacques.

Guillaume est embarrassé par la réplique un peu sèche de son grand-père. Le repas du soir est en train de prendre une drôle de tournure. Mais avant même que l'adolescent ne prenne la défense de sa grand-mère, celle-ci plante son regard dans celui de son époux et murmure d'une voix douce :

— Jean me manque aussi, tu sais…

Les yeux brillants, le vieil homme se met à toussoter et se lève précipitamment de table. Sans répondre, il se dirige vers la patère, près de la porte. Il y décroche sa casquette qu'il ajuste fermement sur sa tête.

— J'ai assez perdu de temps pour ce soir. Je dois toujours réparer le camion de la veuve Pinsant, déclare-t-il d'une voix chevrotante avant de sortir.

— Bien sûr… Et moi, je vais prendre le thé avec la reine d'Angleterre. Crois-tu que j'ignore ce que tu fais vraiment ? Sois tout de même prudent, ces choses-là ne sont plus de ton âge, répond-elle, avant que ne claque la porte.

Guillaume a du mal à comprendre la fin de cette conversation. Que peut-il y avoir de dangereux à réparer un camion ? D'autant plus que Jacques a passé sa vie à faire de la mécanique. En fait, ce qui étonne le plus Guillaume est que son grand-père semble incapable de trouver ce qui cloche avec le fameux camion de Madame Pinsant. En effet, il part régulièrement chez sa voisine, très tard le soir, pour ne revenir qu'au petit matin sans jamais avoir réussi à mettre le doigt sur le problème.

— Pourquoi est-ce que tu t'inquiètes comme ça, mémé? Il finira bien par venir à bout de ce moteur, dit Guillaume pour rassurer sa grand-mère.

Georgette dépose son bol de soupe et sourit tristement à son petit-fils.

— Je m'inquiète parce que ton grand-père est une tête de mule. Tous les soirs, il «part réparer le camion» avec le père de Rémi et Simon. Comme si je ne voyais pas son petit jeu… Il se sent obligé de jouer aux héros en espérant que quelqu'un en fera peut-être autant pour Jean… Le pire est qu'après toutes ces années de mariage, il croit encore pouvoir me cacher quelque chose… Oh et puis laisse tomber… File plutôt te laver. Bouboule doit déjà t'attendre sur la couette là-haut. Le pauvre a encore passé la journée à t'attendre devant le portail… Allez, *noz vat*[31]!

---

31. *Noz vat* signifie bonne nuit, en breton.

Sous le toit la chaleur est torride. Les tuiles ayant chauffé toute la journée transforment la petite chambre en un véritable four. Accablé, Guillaume ouvre les volets. Bouboule s'installe aussitôt dans le courant d'air, sur le rebord de pierre de la fenêtre. Les rayons de la lune font briller les pupilles vert et jaune du chat aux yeux vairons. L'adolescent écoute le chuchotement lointain de la rivière en caressant le vieux matou, qui se met aussitôt à ronronner.

Guillaume est quelque peu troublé par les paroles étranges de sa grand-mère. Une angoisse sourde monte en lui.

— Tu sais Bouboule… Au cours des derniers mois, j'ai perdu de vue mon père, j'ai quitté Paris et ma mère. J'ai souvent eu l'impression d'être un tout petit bateau au milieu de déferlantes. Au début, j'y pensais tout le temps. Puis, il y a eu toi, mémé, pépé et les géraniums, qu'il faut bien arroser. La routine de la maison, nos petites querelles quotidiennes, tout ça avait quelque chose de tellement… normal. Ici, j'ai même parfois eu l'impression que Jean était tout près de moi… Puis il y a eu l'appel de maman et voilà que

Jacques et Georgette se boudent. C'est à croire qu'il est impossible de se raccrocher à quoi que ce soit dans ce monde de fous! Tout part à vau-l'eau. On dirait que la seule chose qui tienne le coup est cette grotte, intacte depuis des milliers d'années, alors que je n'arrive même pas à imaginer la journée de demain… Je parie que c'est à ça qu'elle servait, cette grotte. Elle servait à arrêter le temps, à figer l'Univers dans la pierre…

Sur ces mots, Guillaume va s'allonger sous les couvertures avec Bouboule. À l'aube, il est réveillé par le roulement d'un moteur suivi du grincement du portail et du pas de son grand-père dans le couloir…

# 10

## La pêche

Le lendemain, le mauvais temps oblige tout le monde à délaisser l'exploration de la grotte. En compagnie du fils de la veuve Pinsant, de Simon et de Rémi, Guillaume opte plutôt pour une partie de pêche. La pluie tombe en un doux crachin tiède qui froisse la surface de l'onde caressée par les branches des saules, plantés le long de la rive recouverte d'un léger brouillard.

— Les gamins, sachez qu'une journée comme celle-ci vaut toutes les cures de ces bourgeois qui engloutissent leurs rentes en bains thermaux et boue de lave. Pourquoi payer une fortune pour se faire arroser quand on est si bien ici à taquiner le poisson, je vous le demande ?

Comme si la réponse allait de soi, personne ne répond à Monsieur Pinsant, assis sur un rocher, vêtu d'un simple maillot de corps et d'un pantalon de toile. Pieds nus dans le courant, l'homme triture un ver qu'il tente de piquer au bout de son hameçon pendant que Rémi s'amuse dans les herbes hautes d'une roselière et que Simon, de l'eau jusqu'aux genoux, essaie de capturer des alevins avec sa casquette détrempée.

Debout sur la berge, dans un superbe élan qui lui courbe le dos, Guillaume lance sa ligne, qui siffle dans les airs avant d'être avalée par la rivière.

— Magnifique lancer! Vous avez vu ça les garçons! Votre copain manipule la canne à pêche comme un chef d'orchestre joue de la baguette! Pour sûr, les poissons vont valser au bout de sa ligne!

— C'est mon père qui m'a appris. Je devais avoir environ huit ans. Il s'était blessé au pied en coupant du bois et avait eu droit, exceptionnellement, à une longue permission. Je le voyais si peu souvent que j'étais gêné de le savoir à la maison plus de deux jours de suite. Il a dû s'en rendre compte, je suppose. Ou alors il s'ennuyait, planté dans une bergère à écouter la radio. Enfin… malgré ses béquilles, il m'a amené plusieurs fois pêcher au Port-aux-Cerises, dans l'Essonne. Puis, il a rejoint son régiment et je ne l'ai plus revu pendant des mois.

— J'en ai cinq! triomphe subitement Simon en retirant vivement sa casquette dégoulinante de l'eau. Apporte ta canne, frérot! Ces petits poissons font les meilleurs appâts!

Rémi hésite, occupé à livrer quelque combat épique à grands coups de roseau contre un ennemi imaginaire. Avec moult mimiques et grognements, il finit par terrasser son assaillant de vent et de brume avant de courir rejoindre Simon.

— Les enfants, ne criez pas si fort, vous allez effrayer les poissons! explique M. Pinsant avant de poursuivre sa conversation avec l'adolescent, qui ramène sa ligne.

— Il ne faut pas en vouloir à ton père, Guillaume. Il est comme il est… Je ne sais pas si je suis né avec de la farine sur les mains, comme mes parents, mais ton père a toujours été un aventurier. Et quand tu es fils d'ouvrier, l'aventure se paye au prix d'une soutane ou d'un uniforme. Or, je pense que ta mère avait de bien trop jolis yeux pour que ton père décide d'apporter le Christ aux Papous!

Guillaume soupire en tournant machinalement la manivelle de son moulinet.

— Je comprends, mais j'aurais aimé que notre trois-pièces lui suffise, qu'il n'ait pas besoin de se retrouver ailleurs… Dieu seul sait où il est en ce moment, ajoute amèrement Guillaume.

— Où alors c'est le contraire, petit. «Ailleurs» n'existe probablement pas pour ton père. Il est peut-être tout simplement chez lui partout, qu'il soit en train de siroter un thé à la menthe sous une tente berbère, ou de manger des marrons chauds au jardin des Tuileries. Mais il y a une chose dont je suis bien certain, c'est que peu importe où il se trouve, il ne t'a pas oublié. Ta mère et toi êtes sa boussole, son pôle magnétique. C'est toujours vers vous qu'il finit par revenir. Il en a toujours été ainsi et ce n'est pas rien. Tu sais, il y a au café des types vissés devant le zinc[32] qui trouvent le moyen de ne jamais voir leurs gamins!

— Ah! hurle Simon. Il va m'emporter!

La ligne du petit frisé est tendue à rompre. L'enfant est tiré vers l'eau par un énorme brochet qui lutte farouchement au bout de l'hameçon. Rémi doit retenir son frère à bras le corps.

— Nom d'un chien! C'est un poisson ou un sous-marin? Vite Guillaume! Passe-moi le filet! crie Monsieur Pinsant.

---

32. Le zinc est le comptoir d'un café.

# 11

## Le retour

Le lendemain matin, Guillaume se réveille plus tard que d'habitude. Le soleil est déjà haut et se faufile entre les lattes des volets fermés sur la campagne. Instinctivement, l'adolescent palpe les couvertures et cherche Bouboule. Contrairement à son habitude, le vieux matou n'est pas là. Guillaume décide donc de se lever, présumant que Georgette est déjà debout et qu'elle a nourri les chats.

Encore bouffi de sommeil, Guillaume descend l'escalier abrupt. Il ne peut s'empêcher de penser au repas de la veille. Monsieur Pinsant s'était mis en tête de cuire le brochet à l'étouffée, dans le sol. À cause du mauvais temps, il avait été contraint de creuser la fosse à cuisson à même la terre battue du garage. La veuve Pinsant avait protesté vivement, arguant que le plancher du garage était visiblement imbibé d'huile et que tout le monde allait s'empoisonner. Monsieur Pinsant ne s'était pas laissé décourager mais, comme le poisson ne cuisait pas, il avait finit par jouer du chalumeau au dessus de la terre remuée. Après bien des mésaventures et des rires, les gamins avaient pique-niqué entre les établis couverts de cambouis et les vestiges de moteurs divers. Sachant reconnaître au présent le souvenir heureux de demain, Guillaume avait goulûment avalé sa part de brochet au goût infect. Le soir venu, il s'était endormi en songeant que, même au cœur des jours les plus tristes, le bonheur surgit parfois sans qu'on l'attende, comme un poisson au bout d'une ligne.

Pieds nus sur le carrelage, Guillaume traverse le corridor du rez-de-chaussée en appelant Bouboule, qui ne vient toujours pas. Lorsqu'il entre dans la salle à manger, l'adolescent aperçoit son chat enroulé tel un col de fourrure autour du cou d'un étranger qui lui fait dos. L'inconnu est assis à table et caresse la gorge du chat. Il porte une vilaine vareuse kaki, un pantalon de même couleur et de grosses bottines sous des bandes mollettières maculées de boue.

La poitrine de Guillaume se serre. Il ressent un léger vertige. Il n'ose pas y croire…

Georgette sort de la cuisinette comme si de rien n'était avec un bol de chocolat chaud. Elle semble toute rajeunie et ses yeux brillent comme ceux d'une fillette devant son gâteau d'anniversaire.

— Tient mon *poupig*[33]... J'avais conservé un peu de cacao pour une occasion comme celle-là !

Guillaume a le souffle coupé par la surprise. Il voudrait crier un nom, mais ne réussit qu'à bafouiller :

— Je... que... c'est... toi ?

Sur ces mots, l'inconnu se retourne lentement en faisant glisser Bouboule dans ses bras. Pendant une fraction de seconde, Guillaume est étranglé par l'espoir et l'angoisse. Il a horriblement peur d'être déçu. Mais il reconnaît aussitôt le visage émacié de son père arborant une mauvaise barbe.

— Tu as grandi, dit timidement l'homme.

— Et toi tu as maigri, bégaie l'adolescent sans réfléchir.

Jean sourit, baisse la tête et détaille son uniforme sale tout en cajolant le vieux chat, qui disparaît presque entre ses énormes paumes rugueuses. Puis, avec un geste semblant presque trop délicat pour un homme de sa stature, le soldat dépose le matou par terre et se lève.

---

33. *Poupig* signifie bébé, en breton.

— Tu as raison. Je t'embrasserais bien, mais je suis parfaitement dégoûtant, sans compter que…

Guillaume saute dans les bras de son père.

L'adolescent s'agrippe fermement à l'homme, comme si la force de son étreinte devait à elle seule dire toute la joie et le soulagement qu'il ne sait exprimer. Ému, Jean plaque doucement ses larges mains de part et d'autre du visage de son fils. Il le regarde tendrement, l'embrasse sur le front puis le serre contre lui. Guillaume ne bouge pas. Il reste contre la poitrine de son père. Il sent le souffle chaud de l'homme sur sa nuque. Il écoute les battements de son cœur.

Jean est vivant.

Ce moment semble durer une éternité, mais il est interrompu par l'arrivée soudaine d'une jeune femme en peignoir, qui entre dans la pièce en ébouriffant sa chevelure sombre et humide avec une serviette.

— C'est libre, tu peux y aller Jean, annonce la voix familière.

— Je vais te chercher un drap de bain propre, dit Georgette qui, fierté bretonne oblige, quitte la pièce en faisant beaucoup d'efforts pour garder sa contenance.

L'adolescent s'écarte légèrement de son père. Ce dernier libère Guillaume qui fait quelques pas vers la nouvelle venue. Voyant son fils, la jeune femme laisse tomber sa serviette et pousse un petit cri de joie. Puis elle tend les mains vers Guillaume, qui les prend timidement, comme s'il craignait qu'Hélène ne soit qu'une de ces visions qui se volatilisent quand on tente de les toucher.

L'adolescent remarque alors Jacques dans un coin de la pièce. Visiblement heureux, le vieil homme prend son fils par les épaules :

— Bon Dieu, de bon Dieu : la guimbarde de la veuve Pinsant n'a jamais effectué plus belle livraison !

Le petit-déjeuner est plus animé qu'un réveillon de Noël. Georgette a sorti de ses réserves secrètes quelques bouts de saucisson sec qui, pour l'heure, valent bien une dinde aux marrons.

— Les premiers jours de mai furent un véritable cauchemar[34], raconte Jean à la tablée. Les appareils de la Luftwaffe noircissaient le ciel. L'air était étouffant, rempli de

34. Le 10 mai 1940 est la date du déclenchement d'une très vaste attaque de l'Allemagne nazie contre la Belgique, la France, le Luxembourg et les Pays-Bas.

l'odeur du kérosène. Les avions frôlaient le sol et on pouvait sentir le souffle chaud des moteurs. Tout, autour de nous, semblait flamber ou exploser. La forêt, les champs étaient écrasés de Messerschmitts. Nous avons à peine pu répliquer, tant nous manquions de tout : munitions, médicaments, nourriture… Ma division n'avait qu'un seul canon de D.C.A. et il a fallu attendre trois jours pour que l'on obtienne la notice précisant la manière de l'utiliser… Bien des gars ont choisi de se rendre. Ils attendaient au bord des routes d'être ramassés par les Allemands qui faisaient de véritables moissons de prisonniers.

« Moi, j'ai choisi la fuite. J'ai pris ce qui me restait de munitions et de nourriture et j'ai échangé une caisse de vin de Moselle contre la bicyclette du vaguemestre. J'ai joué les maillots jaunes en tentant ma chance à vélo. J'espérais devancer les troupes allemandes et prendre au passage Hélène à Paris. Je priais pour que le petit soit déjà ici, mais il m'était impossible de m'en assurer. J'ai mis je ne sais combien de jours à me rendre jusqu'à Reims où j'ai commencé à manquer de souffle. J'ai trouvé une vieille grange abandonnée où je me suis reposé, assommé de fatigue.

« Au début, je ne devais y passer qu'une nuit. Mais j'étais à bout de forces. Finalement, je ne sais même plus combien de temps je suis resté là. Les muscles de mes mollets se sont mis à durcir jusqu'à devenir aussi raides que du bois. J'avais des crampes à hurler de douleur. Je n'en pouvais plus. Alors j'ai songé à me rendre, comme les autres. Je me suis convaincu qu'avec un peu de chance, on m'enverrait simplement travailler en Allemagne, que la guerre ne durerait pas, que je serais vite libéré… J'ai donc décidé de marcher jusqu'au centre-ville pour tenter de savoir où en étaient les Allemands. C'était la pagaille complète! Partout, des familles déménageaient en voiture, à cheval, à pied. C'est fou de voir ce que les gens peuvent faire dans la panique du moment. Certains partaient avec de simples baluchons alors que d'autres vidaient littéralement leur maison, emportant jusqu'au tapis et au phonographe! Sans compter les rapines… À travers tout ça, impossible d'avoir des nouvelles du front. Je n'ai trouvé qu'un vieux journal paroissial.

Jean interrompt son récit et plante son regard dans celui de Guillaume. Le soldat fouille dans la poche de son pantalon et en ressort un feuillet imprimé. Jean le déplie lentement pour que tous voient la photo sous-exposée d'une fresque rupestre au-dessus de laquelle est écrit en grosses lettres : «Coup de théâtre en Périgord noir. Guillaume Goupil, Rémi et Simon Pinsant, ainsi que leur chien

Robot, découvrent une étrange grotte ornée – mauvaise blague ou découverte du siècle ? »

— J'arrivais à peine à y croire ! poursuit l'homme en fixant intensément son fils. C'était toi ! À travers toute cette folie, tout ce désordre… Ton nom dans cette feuille de chou. Ça m'a frappé, comme si on me giflait pour que je me réveille. Alors, j'ai repris courage. Il fallait que je retrouve ta mère et que je tente de te rejoindre.

Ces paroles impressionnent tellement Guillaume, qu'il perd un peu la suite du récit de son père. *Oui, pense-t-il, il y a quelque chose de magique dans tout cela, quelque chose de magique dans cette forêt…* Puis il sent la main chaude de sa mère serrant la sienne, comme si la jeune femme voulait remercier son fils pour ce miracle. Guillaume rougit…

— … Lorsque je suis arrivé sur Paris, la ville grouillait de gens courant dans tous les sens. J'ai eu du mal à me rendre à Lariboisière. Quand j'y suis arrivé, je suis tombé en pleine zizanie…

— Nous n'avions presque plus de personnel, plus de médicaments… Rien… Nous n'étions plus que sept infirmières avec à peine de quoi manger, poursuit Hélène. Nous devions prendre soin d'environ quatre-vingts malades et vieillards, en plus de tous les blessés civils et militaires que la Croix-Rouge continuait de nous envoyer… Les soldats que nous soignions n'avaient que des bribes incohérentes d'informations à nous donner. Les couloirs sentaient la gangrène et certains malheureux portaient les mêmes pansements depuis des jours. Puis, certaines de mes collègues, prises de panique, ont commencé à dire qu'il valait mieux achever nos patients et s'enfuir[35]. J'ai tout de suite su qu'il fallait agir vite avant que l'hystérie ne gagne tout le monde et que l'impensable n'arrive. Avec l'aide du lieutenant-médecin Sarrazin et de quelques soldats encore debout, nous avons remué ciel et terre pour obtenir un train sanitaire et évacuer les malades. J'étais en train d'empaqueter ce qui restait de notre pharmacie quand j'ai vu Jean… J'avoue que le peu de fioles de morphine qu'il nous restait ont éclaté et se sont répandues sur le plancher quand je l'ai reconnu…

— L'uniforme d'Hélène était couvert de sang et elle avait une mine affreuse. N'empêche, je n'ai jamais été aussi heureux de la voir ! Je lui ai aussitôt montré le journal. À

---

35. En 1942, quatre infirmières de l'hôpital d'Orsay seront effectivement condamnées pour avoir ainsi euthanasié leurs patients. Voir *La grande histoire des Français sous l'Occupation* (1997), de H. Amouroux, Robert Laffont.

partir de ce moment-là, il n'était plus question pour nous de défaite ou de victoire... Nous voulions simplement vous retrouver ici aussitôt l'hôpital évacué.

Guillaume est saisi par ce récit. Son père n'avait jamais été très causant et ses lettres avaient toujours été laconiques. L'adolescent y avait vu une sorte d'indifférence... Et voilà que cet homme qu'il tenait pour distant racontait avoir traversé la moitié de la France à vélo pour le rejoindre... L'adolescent se souvient alors des paroles de monsieur Pinsant : *Ta mère et toi êtes sa boussole, son pôle magnétique.* Sous la table, la botte du soldat frôle le pied de Guillaume. Jean sourit et deux petites fossettes se creusent sur ses joues.

— ... Après n'avoir dormi que trois ou quatre heures en deux jours, nous avons fini par embarquer tout le monde sur le train 108 jusqu'à l'hôpital militaire de Châteauroux. Une fois les blessés remis entre bonnes mains, nous avons décidé de faire route seuls vers le sud, sur une vieille moto que Sarrazin, reconnaissant, a bien voulu nous céder en plus de café et de tabac pour faire du marché noir en chemin. Évidemment, nous avons fini par manquer d'essence et tout le troc du monde n'y pouvait plus rien. Il a fallu continuer à pied. Les Allemands ont commencé à nous devancer, explique Hélène.

— Après l'appel du maréchal, monsieur Pinsant et moi savions qu'il restait bien peu de temps avant que la frontière entre la zone libre et la zone occupée ne soit complètement fermée et gardée, reprend Jacques. Comme j'avais réussi à réparer la camionnette de Madame Pinsant et que son fils avait caché de l'essence, nous la prenions, le soir, pour sillonner les chemins aux alentours de Libourne et ramasser les fuyards qui n'osaient plus marcher de jour. Nous les ramenions en douce derrière la ligne de démarcation.

— Quand je pense que je t'ai grondé, murmure Georgette désolée…

— Inutile de te morfondre, ma chère… Je n'ai jamais eu l'intention de t'écouter…

— Évidemment, tu n'écoutes jamais rien ! Toujours à me contredire ! Autant causer à une statue dans un parc ! rétorque la grand-mère.

— Quoi ? Moi, têtu ? Non mais, c'est un monde ! Ces Bretons : tous des chouans[36] !

Au-dessus de la table, Guillaume, Hélène et Jean échangent des regards pleins d'une tendre complicité.

La veuve Pinsant surgit alors dans le cadre de la porte de la salle à manger. De longues

---

36. Les chouans étaient des insurgés royalistes bretons durant la Révolution française. Ce mouvement renforça le stéréotype selon lequel les Bretons sont très têtus.

mèches de cheveux s'échappent de son chignon improvisé et son chemisier est boutonné de travers. Visiblement essoufflée, les yeux ronds, elle court les bras tendus vers Jean.

— Mon fils vient de m'apprendre la nouvelle. J'ai à peine pris le temps de m'habiller… Jean ! Te revoilà !

Un sourire enfantin se dessine sur le visage du soldat, qui se lève pour étreindre la vieille dame :

— Madame Pinsant, vous sentez aussi bon que votre pain !

# 12

# L'exploration

— **J**e n'arrive pas y croire. Non vraiment, je n'arrive pas à y croire, répète Jean en ne quittant pas des yeux la ronde des taureaux ornant la grotte. Un jour, en plein désert, j'ai vu des pierres gravées que l'on disait vieilles de plus de trois mille ans. J'avais l'impression que c'était un privilège immense de pouvoir les regarder alors que tout ceci dormait dans la forêt à côté de chez moi… Seigneur ! J'ai dû passer par ici des centaines de fois… Guillaume, cette découverte, c'est tout simplement prodigieux ! Il y a combien de salles en tout ? demande-t-il, examinant sous tous les angles la représentation d'un groupe de petits cerfs au milieu de laquelle est gravé un ours.

— Pour sûr, tu peux être fier de ton fils, dit Monsieur Laval en installant un papier cristal sur une peinture. Les gamins et moi avons visité six salles sur environ deux-cent cinquante mètres. Nous sommes en train de dessiner un plan. Je ne l'ai pas encore terminé, car je passe mon temps à calquer les œuvres. C'est qu'elles sont si précieuses ! J'espère en relever le plus possible. Je crains qu'elles ne soient abîmées par les infiltrations d'eau et les courants d'air…

— Ou encore par les badauds… poursuit Guillaume.

— C'est bien vrai, renchérit Simon. Il y a de plus en plus de réfugiés qui campent et braconnent dans les bois. Déjà, hier, Robot a mordu au sang un curieux qui voulait arroser les peintures pour en aviver les couleurs avant de prendre des clichés, dit Simon.

— Bien fait ! Voilà un fox-terrier avec de la suite dans les idées ! C'est sa découverte, après tout, plaisante l'instituteur. Ces lieux sont inviolés depuis certainement plus de dix mille ans. À mon avis, une rivière souterraine transportant du calcaire a dû lentement sceller l'entrée originelle de la grotte, où qu'elle soit. Les derniers venus ici étaient donc de très lointains ancêtres. Ce lieu leur appartenait. Nous le voyons ici comme ils l'ont laissé. Tout ce que nous y observons et trouvons témoigne de leur quotidien. C'est une fenêtre ouverte sur le passé…

100

— Un passé où rien n'était écrit. Une époque dont seuls la terre, le bois et le roc ont gardé le souvenir. Un univers dont il ne reste que la voix des pierres, précise Jean rêveur.

— Pourquoi ne ferais-tu pas le tour du propriétaire avec ton fils ? Ça te rappellera le bon vieux temps, quand tu jouais dans la boue avec l'abbé Breuil, suggère Monsieur Laval.

— Nous monterons la garde pendant ce temps, propose Rémi en s'agrippant déjà à la corde pour remonter à la surface, son frère sur les talons.

— Par ici, dit Guillaume sans attendre la réponse de son père, trop content de le guider à travers la grotte.

Même après deux jours de repos, Jean, affaibli par sa longue mésaventure, a du mal à suivre son fils dans l'étroit tunnel encombré de larges vasques de calcite retenant de l'eau suintant de la voûte et des parois de pierre.

— Voilà, annonce Guillaume en pointant le «plafond» de la nouvelle salle. Ici, en plus des cerfs et des taureaux, il y a des bouquetins, des bisons et des sangliers…

Le menton en l'air, à l'aide de sa torche électrique, Jean détaille les fresques en silence, bouche bée. Il y a là un groupe de chevaux dodus entourés de grandes vaches rouges. Un peu plus loin, sur des panneaux se faisant face, se trouvent, d'une part un grand taureau noir et d'autre part, un cheval semblant fuir vers le fond de la galerie. Il y a aussi, sur la paroi de droite, un ensemble de petits chevaux plaqués en désordre autour d'une vache grise.

— Ceux-là, on dirait qu'ils tombent, pense Guillaume tout haut en éclairant le groupe d'équidés. Celui-là est carrément représenté à l'envers.

— C'est vrai. En plus, ils sont complètement paniqués, précise Jean. Regarde bien, dit le soldat en pointant de son doigt certains détails de la peinture. Leurs queues dressées, leurs oreilles tournées vers l'arrière, les nasaux dilatés… J'ai vu assez de chevaux affolés au milieu des bombardements pour reconnaître la tête qu'ils font lorsque rien ne va plus… Tu sais ce que ça signifie, Guillaume ? Cela signifie que ceux qui ont peint ces chevaux étaient des êtres sensibles. Ils étaient beaucoup plus que des singes marchant debout et taillant des bifaces. Ils se sont donné beaucoup de mal pour représenter les animaux avec une certaine empathie.

— Peut-être voulaient-ils simplement décorer leur maison ? suggère Guillaume.

— Cette grotte est si profonde, si sombre, je serais étonné que des hommes s'y soient installés. Ça me semble peu pratique, raisonne Jean. En Algérie, quand des voyageurs campent dans une grotte, ils s'installent près de l'entrée, à la lumière. Puis, ils laissent des traces de leur passage. Des charbons, là où était le feu. Des os, là où ils ont mangé leur gibier. Je ne vois rien de tout ça ici.

— Ho! Mais il y a des os, des os très longs déposés par terre.

— Ah bon? Montre-moi! demande aussitôt Jean.

Guillaume entraîne son père à l'extrémité de la salle et lui montre trois os longs déposés à côté d'une ouverture.

Jean s'agenouille près d'eux et les examine silencieusement.

— On dirait les membres antérieurs et postérieurs d'un mammifère comme un cerf ou quelque chose du genre. Tu vois ces stries sur l'os? Ce sont des traces laissées par un outil tranchant. Quand j'étais au Maroc, à Oujda, j'ai été invité à un grand méchoui. Les villageois faisaient cuire un agneau entier au cumin sur des braises. Tout le monde se servait à même la carcasse avec son couteau. Eh bien, à la fin du repas, les os portaient des marques similaires à celles-ci. Cet animal a donc bien été débité et sa viande a été mangée. Mais, je doute que ce cervidé ait été consommé ici, sur place. Dans ce cas, nous aurions trouvé ces os longs parmi des os plus petits… Non, je pense que l'animal a été mangé ailleurs et que les os longs ont été apportés ici. Mais pourquoi ?

Guillaume écoute religieusement son père. Il admire l'esprit vif du soldat. Surtout, il est heureux d'être avec lui pour partager cette découverte. Depuis sa plus tendre enfance, Guillaume a toujours eu l'impression que son « père postal » lui échappait. Aujourd'hui, grâce à la grotte, l'adolescent qui n'a jamais quitté la France accède enfin à l'univers de Jean. Un univers rempli de nomades, de villages aux noms étranges et de mets exotiques. Il savoure pleinement ce moment. Tenant à se montrer à la hauteur, il hésite avant de tenter une explication :

— Peut-être ces os servaient-ils simplement à indiquer un chemin ? Comme les enfants qui sèment des miettes de pain dans les contes ! suggère Guillaume qui regrette aussitôt l'apparente naïveté de son raisonnement.

— Mais oui ! Ce n'est pas bête comme idée ! s'écrie Jean. Imagine… Comment faire pour se retrouver, en ce lieu, sans lampe électrique ! Tout ce dédale devait être borné d'une façon ou d'une autre, avec les moyens du bord.

— Il y a plusieurs os comme ceux-là dans les dernières salles, dit Guillaume en faisant signe à son père de le suivre.

104

Le père et le fils empruntent alors un long passage étroit et bas. Jean doit marcher le dos courbé. Sur les parois corrodées de ce tunnel ne subsistent que des dessins aux couleurs délavées et quelques gravures effritées. Il débouche sur une salle en forme de rotonde.

— Ici, il y a surtout des gravures, explique Guillaume. Elles ont été faites les unes sur les autres. Elles ont l'air d'une véritable pelote de fils emmêlés. C'est illisible! Monsieur Laval a voulu faire des calques, mais c'est pratiquement impossible. On n'y comprend rien du tout!

Fatigué, Jean se laisse tomber lourdement sur une pierre. Discrètement, il reprend son souffle en prétextant devoir resserrer ses lacets.

— Peut-être y avait-il des artistes rivaux, détruisant ce que les autres avaient fait, imagine Jean. Ou peut-être que des générations d'artistes et d'opportunistes sont passées par ici avant que la grotte ne soit devenue inaccessible. Certains ont peut-être voulu y laisser leur trace, question de s'approprier un peu de la gloire des premiers artisans de cette caverne. Tu sais, en Égypte, les pyramides sont recouvertes de graffitis. On pourrait croire que seuls les voyageurs y gravent leur nom, mais certains des signes qu'on retrouve remontent à la construction même des tombeaux. On dit que les maçons d'alors aimaient inscrire leur nom dans la pierre !

— Je me vois mal entrer au Louvre pour barbouiller une statue, déclare Guillaume.

— Tu as raison. Il faut conserver les trésors du passé. Pourtant, une partie de moi ne peut s'empêcher de penser que les pyramides, les églises, tous les lieux et objets sacrés n'ont de sens qu'au sein des communautés qui les vénèrent. Je me souviens, en Bretagne, d'une vieille statue celte qui gardait une source soi-disant miraculeuse. Georgette m'y a amené plusieurs fois quand j'étais petit. Puis, un jour, la statue a été enlevée et placée dans un musée. À quoi sert-elle maintenant dans sa vitrine encadrée par quatre cordons de velours rouge ?

— Alors… sur la pyramide… tu as gravé ton nom ? demande Guillaume.

— Non, dit Jean.

Le soldat se lève péniblement en s'appuyant de sa main sur la pierre. Il garde un moment le silence avant de poursuivre en passant devant l'adolescent :

— … J'y ai gravé le tien. J'étais à Saqqara[37] quand j'ai appris ta naissance. Tu es arrivé plus tôt que prévu. Nous avons tous

---

37. Saqqara est une vaste cité des morts située à quarante kilomètres du Caire. On y retrouve près de quinze pyramides et une multitude de tombeaux.

eu peur que tu ne survives pas à ta première semaine… Je me sentais si … je ne sais pas… Je me rappelle seulement être monté tout en haut d'une petite pyramide et, avec mon Opinel, d'avoir gravé ton nom et la date de ton anniversaire…

Les pas de Jean résonnent dans la pénombre. Guillaume ne sait quoi dire. Il imagine un soleil bas au milieu d'un ciel rougeoyant, au-dessus d'une pyramide, immuable, qui porte son nom. Il a l'impression d'avoir gagné une infime parcelle d'éternité. Et, surtout, il est maintenant rempli par la certitude que malgré sa correspondance insipide et son éternelle réserve, Jean est beaucoup plus qu'un «père postal».

La salle suivante est plus large et comporte cinq panneaux. Des os longs sont alignés sur le sol tout près d'étranges peintures en forme de rectangles polychromes.

— Voilà les os dont je te parlais, dit Guillaume en reprenant sa contenance.

— Bizarre. Ils ont été déposés juste sous ces signes qui ne représentent rien de concret, contrairement aux autres fresques. Que peuvent bien vouloir dire ces carrés noirs, jaunes et rouges ?

— Pourquoi pas verts et bleus, d'ailleurs ? échappe l'adolescent.

— Ça, ce n'est pas bien difficile à expliquer. À mon avis, ceux qui ont peint ces fresques ont dû utiliser des minéraux trouvés ici et là. Pour avoir du bleu ou du vert, il leur aurait fallu quelque chose comme du lapis-lazuli. Mais nous ne sommes pas en Orient ! Dehors, on ne trouve que de l'argile, de l'ocre, du charbon… En les broyant et en les mélangeant à quelque chose de gras on doit pouvoir obtenir les rouges, les jaunes et les noirs que tu vois ici… Tu sais, malgré tous les produits chimiques dont on dispose aujourd'hui, bien des femmes broient encore de la galène et la mélangent à de la graisse pour fabriquer le khôl avec lequel elles se maquillent les yeux.

Guillaume sourit.

— Qu'est-ce qui te fait rire, demande Jean, intrigué ?

— Tu parles comme Pépé… Il dit que les jeunes croient à tort qu'on a toujours eu l'eau à l'évier et un commutateur pour la lumière… Qu'en cas de besoin, on doit savoir s'en remettre aux bonnes vieilles méthodes infaillibles…

— Eh bien, je dois avouer qu'il n'a pas tort… D'ailleurs, dans les mois à venir, il sera probablement plus pratique de savoir chasser que de savoir dactylographier… Allons, qu'y a-t-il à voir par là-bas ?

— Un petit recoin, c'est la dernière pièce du labyrinthe souterrain.

— Un diverticule ? Je te suis….

— Monsieur Laval a surnommé cette salle « la chambre de la mère Michelle » à cause des peintures qui ressemblent à des chats…

— C'est pourtant vrai ! s'exclame Jean. Comme c'est étrange, il n'y en a nulle part ailleurs… Pourquoi cette partie de la caverne serait-elle différente des autres ? Il y a forcément une raison, affirme Jean en faisant aller sa lampe dans tous les sens.

— En tous cas, il y a d'autres os longs ici. Apparemment, les suivre ne mène nulle part…

Jean détaille les fémurs et tibias qui forment une ligne brisée s'arrêtant net au pied d'un amoncellement de rochers. Une lumière s'allume dans les yeux du soldat et de petites fossettes se creusent de part et d'autre de son sourire moqueur.

— Allons donc, Guillaume ! Il ne faut pas abandonner la partie si vite. Rappelle-toi ce qu'a dit Monsieur Laval à propos de l'entrée de la grotte… Il a affirmé qu'elle avait dû être bouchée par l'érosion des sols. Ce qui est bon pour l'entrée vaut peut-être aussi pour ses différentes sections ? Et si ces os nous indiquaient la voie d'une salle cachée derrière ces rochers?

Guillaume regarde son père droit dans les yeux et sourit à son tour. Pendant une fraction de seconde, le père et le fils se toisent, comme si l'un et l'autre se contemplaient dans une glace suspendue entre le passé et l'avenir. Puis ils se mettent à déplacer les lourdes pierres une à une avec une complicité parfaite. Au bout d'un moment, Guillaume et Jean sont intrigués par un mouvement étrange des pierres, qui semblent aspirées par un vide, derrière la paroi. Bientôt, elles s'effondrent sur elles-mêmes et forment un entonnoir avant de dégringoler en dévoilant un passage en forme de puits.

— Cours vite demander une corde, ordonne Jean en fixant la mystérieuse ouverture.

Monsieur Laval attrape la taille du soldat et l'aide à rejoindre le sol en douceur.

— Tu n'es pas raisonnable Jean. Tu devrais te reposer. Nous pourrions descendre demain. Ce qui a attendu dix mille ans peut bien attendre vingt-quatre heures de plus.

— J'ai connu bien pire que cette séance de spéléologie. Et puis, pourquoi remettre à demain ce que l'on peut faire aujourd'hui?

— Au lieu d'échanger des paroles de sagesse, vous devriez regarder ça, dit Guillaume en éclairant la plus insolite des scènes qu'ils ont pu observer jusque-là, celle d'un homme mort, allongé près d'un bison tête baissée, les cornes poitées.

— Un homme! s'exclame l'instituteur. Ça ne s'est jamais vu!

— On dirait une corrida qui a mal tourné, commente Guillaume.

— Ou plutôt une scène de chasse tragique. Regarde les objets qui traînent près du mort. Une sagaie et un propulseur comme les indigènes en utilisent encore en Afrique, fait remarquer le père en montrant du doigt les instruments de chasse.

Comme personne ne répond à son commentaire, Jean reporte son attention sur Monsieur Laval et Guillaume. Les cheveux de l'adolescent brillent sous l'éclat de la lampe de l'enseignant, et sa paume est tendue parallèlement à la paroi de pierre, devant l'empreinte d'une autre main…

— Regardez, il y a même un dessin d'oiseau! Qu'est-ce que tout cela peut bien vouloir dire? murmure l'instituteur comme pour lui-même.

— Je ne sais pas, mais je pense connaître quelqu'un qui saura… Tout le problème est de réussir à le joindre.

# 13

## Les réfugiés

La caserne des pompiers est encombrée de réfugiés. Depuis qu'un trait a été tiré sur la carte de France, séparant la zone occupée de la zone libre, civils et soldats arrivent de partout. Ils forment une foule bigarrée aux mille accents où les intonations chantantes du sud se mélangent aux jacasseries des Parisiens, en passant par toute une gamme de patois régionaux. Cette cacophonie, ce chant de partout et de nulle part, crie l'étendue du drame ayant poussé chacun à laisser derrière lui une terre, une maison, une famille… Tout le travail et le sens d'une vie qui bascule.

— Guillaume, va me chercher un peu d'alcool, demande Hélène alors qu'elle tient dans ses bras une gamine ayant une vilaine plaie sur un coude.

Impressionné, l'adolescent ne répond pas. Il songe au maire qui, il y a quelques jours, leur a rendu visite. Le flot de réfugiés ne cessant d'augmenter, il avait décidé de transformer la caserne des pompiers en un long dortoir. Puis, ayant eu vent de l'arrivée d'Hélène, il était allé à sa rencontre pour lui demander de l'aide.

— Nous sommes dépassés par la situation, avait dit le maire. Mon confrère du village voisin refuse d'accueillir les militaires en fuite, de peur que sa commune soit bombardée. Il les refoule chez nous et nous ne savons plus quoi faire avec les blessés…

Hélène s'était immédiatement mise à la tâche avec les moyens du bord. Elle avait chargé les frères Pinsant de faire du porte à porte pour récolter tout un lot de vieux draps et de rideaux. Monsieur Pinsant et Monsieur Laval les avaient suspendus sur des fils tendus à travers la caserne. Ils avaient ainsi créé, pour les familles, de petits espaces intimes aux parois vaporeuses dont les motifs fleuris et pastel contrastaient étrangement avec le pathétique de la situation. Puis, constatant le manque de médicaments, l'infirmière avait demandé à Georgette et à Madame Pinsant de récolter des feuilles de saule blanc ainsi que des feuilles de sureau pour en faire des infusions analgésiques[38].

Bref, la guerre rattrape encore une fois la famille de Guillaume et les balades dans la grotte ne sont plus la priorité. D'ailleurs, son père et son grand-père sont occupés à installer des douches rudimentaires dans la cour du refuge.

— Guillaume, va je te dis, répète Hélène en berçant la petite prostrée au creux de ses bras.

L'adolescent file vers l'infirmerie du poste de pompiers tout au fond du dortoir. Près de la porte, un soldat à peine plus vieux que lui est assis sur sa besace. Ses pieds nus sont ensanglantés. Il fixe les petites fenêtres à auvent s'ouvrant sous le toit de la caserne. Au travers, on aperçoit les tilleuls en fleurs qui perdent leurs minuscules pétales, comme une poussière d'or emportée par la brise chaude de l'après-midi…

— Je peux presque les sentir, dit le jeune homme à Guillaume. Nous en avons chez moi, tout près de la véranda… Non… Il n'y a plus de véranda… Mais peut-être que les tilleuls sont encore là… Je ne me rappelle plus… J'ai oublié, oublié… dit le soldat en

_____

38. Le saule blanc contient de la salicine, une substance faisant partie des composants actifs de l'aspirine. Les feuilles de sureau infusées sont efficaces contre la fièvre.

prenant sa tête dans ses mains, ses doigts disparaissant dans son épaisse chevelure bouclée et sale.

— Si tu veux, je peux te cueillir quelques fleurs, tu pourras t'en faire une tisane, suggère Guillaume rempli de pitié.

— Oh, oui! une tisane, comme celles que faisait ma petite sœur. Elle est jolie Aude. Elle est brune avec une peau blanche comme le lait et des yeux pers qui virent au vert quand elle pleure. Ils étaient verts quand j'ai devancé volontairement l'appel[39]. Elle m'a dit : «Puisque tu es si bête et que tu veux tant te battre, je ne verserai pas une larme.» Mais je voyais bien qu'elle avait pleuré. Si tu la vois tu me le diras, n'est-ce pas? Aude Bordeleau qu'elle s'appelle. Moi, c'est André. Tu me le diras, pas vrai? dit-il en s'agrippant soudainement au pantalon de Guillaume.

— Je te le promets, murmure l'adolescent en faisant lâcher prise au jeune homme pour lui serrer la main.

Cette étreinte calme le jeune soldat qui finit par concentrer à nouveau toute son attention sur les tilleuls.

— Oui, je peux presque les sentir…, répète-t-il.

---

39. En France, en temps de guerre, il y a mobilisation générale des hommes en état de se battre.

Le cœur gros, Guillaume entre dans l'infirmerie.

— Saloperie de soudure ! Mais qui est-ce qui m'a fichu un alliage aussi pourri ! Et pas une seule quincaillerie ouverte dans ce bled ! Il est relié à quoi, ce bon Dieu de tuyau ? À l'Amazone ?! C'est pas possible, une pression pareille ! Si cette conduite m'explose encore une fois à la gueule je ne réponds plus de moi, jure Jacques, détrempé et occupé à détourner l'entrée d'eau de la caserne, à l'arrière du bâtiment, au bout de l'allée de tilleuls.

— Calme-toi, dit Jean qui assiste son père.

Guillaume entreprend de monter dans le gros tilleul à côté de l'entrée de la caserne.

— Qu'est-ce que tu fais là ? crie le soldat à son fils.

— Je fais une bonne action, répond Guillaume.

— Alors quoi, on s'amuse tout seul et on abandonne les copains ? lance Simon qui vient livrer la récolte de plantes médicinales de Georgette et Madame Pinsant. Ça ne se passera pas comme ça ! ajoute-t-il en déposant son fardeau et en courant vers l'arbre.

— À la bonne heure, déclare aussitôt Jacques en abandonnant son fer à souder, trop content d'être distrait de son ouvrage. Les paris sont ouverts ! Je vous chronomètre les petiots, lance-t-il en fixant sa montre bracelet. Un, deux, trois vas-y Chochon ! Le perdant devra aller voler le Christ en plomb sur le retable de Monsieur le curé… C'est pour une bonne cause et Dieu comprendra, même si j'ai des doutes en ce qui concerne le curé !

Pendant une fraction de seconde, Guillaume, qui ne voulait que cueillir quelques fleurs, hésite à se lancer. Mais son regard croise alors celui de son père. Jean, toujours aussi réservé, semble impassible. Toutefois, il fixe déjà la trotteuse de la montre de Jacques et, de sa botte droite, il martèle nerveusement le pavé.

Guillaume comprend le message et s'élance. Il grimpe le long du tronc en dérapant sur les mousses tendres qui y poussent. Il évalue rapidement la solidité des branches, s'y accroche et s'y déplace comme un véritable chat de gouttière. Il passe ainsi du premier tilleul au deuxième, puis au troisième, en ne se laissant pas ralentir par les écorchures qui bientôt zèbrent ses bras et ses mains. Il atterrit finalement au pied de son père dans une pluie de feuilles et de fleurs qui collent à ses cheveux.

Jean sourit alors que Guillaume est occupé à secouer ses vêtements.

— Combien? demande Guillaume.

— Quatre minutes et vingt secondes! s'exclame fièrement Jacques. Un record, il me semble! Si j'étais toi, Simon, j'éviterais l'humiliation et je déclarerais forfait!

Simon réfléchit, un peu intimidé à la vue du sang qui perle un peu partout sur les avant-bras de Guillaume.

— Je déclare plutôt que cette course est irrégulière, car Guillaume est plus vieux et beaucoup plus grand que moi, dit-il solennellement en remontant ses lunettes.

— Sacré nom de Dieu! siffle Jacques. Un futur avocat! File donc me dégotter un bon morceau de plomb plutôt que de faire des effets de manche[40]!

Sur ces mots, Simon tire la langue à Jacques et court vers l'église.

— Et un peu de respect pour les aînés! Nom de nom! Ah! Elle est belle la jeunesse, y'a vraiment des coups de pieds qui se perdent. De mon temps…

Alors que Jacques est occupé à railler Simon, Jean fouille dans sa boîte à outils et en retire une longue vis. Après avoir jeté un regard complice à son fils, l'homme se dirige

---

40. On nomme «effets de manche» l'art de bien présenter une plaidoirie.

vers un des murs du bâtiment où s'accroche une glycine. Jean écarte les lourdes grappes de fleurs odorantes et se met à graver la pierre. Curieux, Guillaume s'approche et étire le cou pour voir ce que fait son père. Lorsque le soldat s'écarte enfin du mur, l'adolescent découvre l'inscription suivante : $G^2$, 1940, 4 : 20. Le tout est écrit au-dessus de chiffres et de caractères similaires. D'abord, Guillaume n'y comprend rien. Puis, au milieu de la colonne, il lit : JG, 1923, 4 : 30. L'adolescent comprend qu'il est devant le palmarès de l'allée des tilleuls. À la fois fier et ému, il ne sait que dire.

— Tu es un vrai chef, dit le soldat à son fils. Je n'aurais pas pu faire mieux, ajoute-t-il en arborant son éternel sourire flanqué de petites fossettes.

— Merci, bafouille Guillaume...

— C'est que la pomme ne tombe jamais bien loin de l'arbre, coupe Jacques en donnant d'une main une bonne tape dans le dos de son fils et en ébouriffant de l'autre la tête de son petit-fils.

— Non, jamais aussi loin qu'on le pense, conclut Guillaume.

— Je n'ai rien à te donner en échange! se désole André.

— Ça n'a pas d'importance, dit l'adolescent en tendant la tisane au jeune soldat.

— Si ça en a! Prends ceci. C'est mon cahier de route, mon journal. C'est tout ce que j'ai. Garde-le…

Guillaume veut d'abord refuser, mais il sent qu'il s'agit d'une question d'honneur pour André, qui ne veut pas avoir l'impression de mendier. L'adolescent accepte donc le petit cahier.

Le soir venu, après une longue journée faite de multiples corvées à la caserne, Guillaume s'assoit au pied d'un chêne, dans la forêt. Il feuillette le carnet d'André, rempli de dessins à l'encre de chine illustrant des chansons de soldats dont les paroles sont rapportées en marge… Sur la dernière page est gribouillé un poème dans une écriture tremblante, presque indéchiffrable.

*Et voici le soldat sur la route*
*Il cherche les siens*
*Et marche et marche, use-toi les pieds!*
*Il regarde à gauche et à droite*
*Et ne voit toujours rien*
*À droite, à gauche, ouvre bien les yeux*
*Ohé, bonnes gens du village*
*Les avez donc pas vus passer?*

*Une femme et deux gosses en bas âge*
*Finirai-je par les rencontrer ?*[41]

Guillaume relit plusieurs fois ces courtes phrases imprégnées d'un infini chagrin. Il referme violemment le cahier dont la couverture en carton claque fort dans le silence de la forêt. Très vite, il court retrouver les siens, comme si demain n'existait pas.

41. Cette ballade fut écrite en 1940 par André Jolivet. Elle fut connue plus tard comme *La Ballade du pont de Gien*.

# 14

## L'abbé Breuil

**B**ien que le propriétaire n'ait plus grand-chose à servir, le café est bondé. À la demande du tenancier, Monsieur Reberrat, Guillaume tourne et tourne la manivelle du moulinet pour moudre le peu de café disponible. Il s'est installé dans les marches menant aux appartements privés de M. Reberrat. De là-haut, il a une vue sur le comptoir contre lequel est appuyé son père, qui discute avec d'autres militaires ayant réussi à passer la frontière de moins en moins perméable.

— Les Allemands organisent des postes de contrôle partout. Ma famille ne pourra jamais me rejoindre ici. Et moi, j'hésite à retourner à Paris. On dit que ceux qui se présentent pour être officiellement démobilisés doivent servir de main-d'œuvre bon marché aux Allemands. Certains doivent travailler dans des usines d'armement, en Allemagne. C'est le Service Travail Obligatoire, qu'ils disent. Je ne sais pas, mais je me vois mal mettre la poudre dans la grenade qui explosera à la tête de ceux qui résistent encore aux Fritz. D'un autre côté, je voudrais bien revoir ma femme, dit un soldat de première classe serré dans un uniforme trop petit.

— Moi, je ne leur fais pas confiance. J'ai entendu dire que ceux d'entre nous qui ont été faits prisonniers avant l'armistice ont été envoyés dans des camps qui, à mon avis, n'ont probablement rien à voir avec la Tour d'argent[42], dit un gros officier à moustache[43].

— En tout cas, ce n'est pas en restant planté dans mon café que vous trouverez une solution, les gars, lance Monsieur Reberrat en astiquant le comptoir. Vous avez beau être en zone libre, vous n'échapperez pas aux Allemands. Ils s'installent partout dans les villages des alentours. Bientôt, ils seront ici, ils dirigeront notre mairie et feront bien de

---

42. La Tour d'argent est un restaurant parisien très réputé dont la fondation remonte à plusieurs siècles.

43. De fait, dès septembre 1940, les hommes qui furent faits prisonniers durant la guerre-éclair ayant précédé l'armistice furent transférés en Allemagne, dans des camps appelés *stalags* et *oflags*.

nous tout ce qui leur plaira. La zone libre n'est pas si libre que ça…

Guillaume se met à tourner très vite la manivelle. L'idée que son père puisse être contraint de les quitter à nouveau le rend très nerveux.

— Calmez-vous ! Puisque nous n'avons aucune idée de ce qui nous attend, il est inutile de jouer les prophètes de malheur. Je vous conseille plutôt de profiter du moment présent et de prier pour l'avenir, suggère Jean.

— Prier pour l'avenir ? J'aimerais bien savoir à quand remonte la dernière fois où tu t'es présenté à la messe, Jean ! dit un nouveau venu.

Dans l'encadrement de la porte, Guillaume aperçoit un homme vêtu d'un veston clair et d'un pantalon de toile blanc serré aux mollets. Un béret noir est enfoncé sur son crâne chauve et il mâchouille un énorme cigare dont la fumée se mêle à celle du tabac gris que fument les soldats massés dans le café.

— Et moi j'aimerais bien savoir à quand remonte la dernière fois où vous l'avez célébrée, l'abbé ! réplique Jean amusé en s'avançant vers l'inconnu qu'il embrasse et prend à bras le corps !

Guillaume arrête de mouliner. Il cherche à se souvenir… à se rappeler de ce que Jacques lui avait raconté sur un abbé avec lequel Jean avait travaillé étant jeune. L'adolescent a un nom sur le bout de sa langue. L'abbé… l'abbé… l'abbé…

— Breuil! crie-t-il à voix haute.

Interloquée, toute la foule du café dévisage l'adolescent. Guillaume rougit jusqu'aux oreilles. Jean éclate de rire:

— L'abbé, je vous présente mon fils, Guillaume!

Une petite brise froide fait frissonner l'adolescent. L'aube se lève sur la forêt dont le tapis est encore nimbé de brume. Les arbres grouillent d'oiseaux qui chantent, célébrant le retour du soleil. L'esprit vide, Guillaume regarde ses chaussures détrempées par la rosée. Pour la première fois depuis la découverte des grottes, il n'a aucune envie d'y descendre. Depuis l'épisode du café, une angoisse sourde dont il avait oublié jusqu'à l'existence lui serre à nouveau le cœur. Guillaume craint de perdre à nouveau son père. Toute la nuit, il a été hanté par les vers d'André: «Les avez donc pas vus passer? Finirai-je par les rencontrer?» Oui, André avait raison. Dans ce monde sens dessus dessous, la seule chose qui compte vraiment est d'être auprès de ceux qu'on aime…

— Avec tout ce chaos, je n'osais croire que vous receviez ma lettre, explique Jean en se glissant dans le trou au pied du chêne alors que Robot jappe et court partout autour.

L'abbé, debout près de l'entrée, est absorbé par l'étude d'une série de calques que lui présente Monsieur Laval.

— Celui-ci vient de la première salle, et celui-là de la deuxième, dit l'instituteur.

— Allons Robot, du calme ! Nous reviendrons à la grotte plus tard. Pour l'instant, j'ai promis à mémé de ramener un gros brochet pour le dîner, dit Rémi en se dirigeant vers la rivière avec sa canne et sa gibecière.

— Bonne journée, monsieur Jean, laisse échapper Simon en suivant son frère.

— Amusez-vous bien, les gamins, répond le soldat en disparaissant dans le trou.

— C'est moi le suivant ! enchaîne l'abbé impatient en lançant presque les calques à l'instituteur qui les rattrape de justesse non sans en froisser plusieurs.

Lorsque l'abbé touche le sol, Jean est occupé à allumer les lampes électriques disposées un peu partout sur le sol. Ainsi, une à une, les parois de la salle prennent vie. Ici un taureau, là un aurochs surgissant des ténèbres, surgissant du passé…

— Attention l'abbé, dit Jean. Je vous préviens, à force d'avoir la tête en l'air, on a mal au cou.

— C'est bien vrai, confirme Monsieur Laval en lâchant la corde permettant d'accéder à la caverne. Depuis que Guillaume m'a fait visiter cet endroit, je dois supporter l'odeur infecte des cataplasmes sinapisés[44] de ma mère. Je ne suis pas un homme de science, mais je peux affirmer qu'aucun de ces peintres préhistoriques ne craignait les torticolis.

— Tu as raison ! s'émerveille l'abbé, comme si la boutade de l'instituteur était d'une infinie sagesse.

— Raison ? Pourquoi ? demande l'adolescent qui vient de se joindre à la bande sans grand enthousiasme.

— Réfléchis, Guillaume, répond l'abbé. La plupart de ces œuvres ne sont pas à hauteur d'homme. Je pense que nous pouvons en déduire que pour les peindre les artistes ont dû monter sur quelque chose…

— Bon sang ! Les trous ! laisse tomber l'instituteur.

— Bien sûr, comprend Guillaume. Il y a des trous sur plusieurs parois. De petites cavités dans lesquelles il reste encore des éclats de bois…

---

44. Cataplasme à la farine de moutarde.

128

— Ces anfractuosités ont pu servir à supporter une sorte de plancher, continue Jean.

— C'est certainement le cas, conclut l'abbé.

— Eh bien ! il semblerait que Michel-Ange n'ait pas été le premier à peindre son plafond ! s'exclame Jean.

— Michel-Ange… soupire l'abbé. La comparaison est intéressante. Je crois comprendre… Jean, Guillaume, il faut me faire visiter toutes les salles, et vous, Monsieur Laval, montrez-moi à nouveau ce plan du réseau souterrain que vous avez dessiné.

# 15

## La chapelle Sixtine
## de la préhistoire

Les Goupil et l'abbé Breuil sont rassemblés dans la cuisine, autour de la table sur laquelle est étalé un schéma.

— Tout ceci est littéralement fascinant! Regardez bien ce plan. Nous avons différentes salles formant un réseau où l'on retrouve trois types de fresques. Chacune de ces trois sections est divisée par des symboles abstraits en forme de carrés colorés. Dans les plus grandes salles : les herbivores ; dans le petit diverticule : des félins ; tout au fond de ce réseau, dans les tréfonds du puits : un homme. Est-ce que vous voyez ce que je vois? demande l'abbé Breuil, le visage encore barbouillé de

131

poussière après avoir passé la journée dans les grottes.

— Ce que je vois, c'est que vous avez l'air d'un indigène avec ses peintures de guerre. Il vous faut une bonne douche, dit Georgette en versant du café dans de jolis bols blancs, orange et bleus en porcelaine de Quimper.

— On dirait… une chaîne alimentaire, hésite Guillaume.

— Mais oui ! s'émerveille Hélène. Chéri, tu es un génie ! déclare l'infirmière en embrassant la joue de son fils assis à côté d'elle.

— Évidemment, c'est mon petit-fils, après tout, laisse tomber Jacques. Attention au café de ma femme, l'abbé, c'est du vrai pétrole breton, du jus de menhir, ajoute-t-il.

— Sache que le café est un peu trop rare pour que j'aie le dosage généreux, réplique Georgette.

— Bravo ! clame Jacques en trempant les lèvres dans son bol. Il suffisait donc d'une guerre pour que le café soit buvable dans cette maison !

— Il y a des moments, je te jure, où j'ai bien envie de l'assaisonner, ton café ! À la ciguë ! rétorque Georgette agacée.

Bouboule met fin aux chamailleries du couple. Il saute soudainement sur la table et s'étend de tout son long sur la carte en battant de la queue. Jean lui caresse la bedaine avant de le prendre et de l'installer autour de son cou.

— Les félins dans le diverticule seulement, Bouboule, murmure-t-il à l'oreille du vieux matou.

— Oui, reprend l'abbé Breuil, amusé par l'étrange duo que forment Georgette et Jacques. Ces grottes représentent une sorte de jeu de vie et de mort. Vous savez, je crois que l'âme entière de toute société humaine se révèle à travers ses mythes et ses coutumes, mais aussi à travers son art et ses objets. Il suffit de bien regarder, de voir plus loin que le bout de son nez, de décoder… Cette grotte n'a pas été peinte au hasard. Ses différentes salles et leurs fresques traduisent une sorte de vision du monde. Un monde impitoyable où l'on est mangeur ou mangé…

Guillaume contemple le plan alors que l'abbé Breuil se perd dans un long discours sur l'architecture et ses symboles, sur les pierres des cathédrales qui représentent l'humanité unie dans la foi, avec les pierres les plus solides supportant les plus faibles…

*Quelqu'un a compris, pense l'adolescent. Un de ces hommes nés pour tuer ou être tué, pour chasser et survivre, a compris que tout ce qui vit sur Terre peut soudainement être chamboulé et précipité dans l'ombre, sous les explosions d'un obus, sous les coups d'une bête féroce… Il a peint la scène du puits pour se souvenir, pour que celui qui est tombé ne sombre pas dans l'oubli. Ce peintre-là était le premier des hommes…*

— Oui, acquiesce Jean. C'est logique. Dans un univers où l'homme dépend des proies qu'il abat, j'imagine que toute chose doit se résumer à une équation simple entre mangeurs et mangés. Les hommes ayant vécu au temps de cette grotte ont pu vouloir décrire cela…

— Certainement, ils ont dû vouloir créer une sorte de lieu sacré. Un lieu censé représenter et préserver la place de l'homme dans un univers sauvage. Une place sans contredit précaire, puisque le chasseur placé au sommet de la chaîne alimentaire y apparaît néanmoins terrassé par un bison… Cet endroit est une sorte de chapelle Sixtine de la préhistoire…

— Guillaume, mon poussin… On te croirait à des lieues d'ici, dit Hélène en flattant la nuque de l'adolescent rêveur.

— Ça ne va pas Chochon ?, demande Jacques.

— Je te réchauffe ton café, mon Poupig, propose Georgette à Jean.

— Vous faites une sacrée tribu ! s'exclame l'abbé amusé en se tapant sur la cuisse… Ah !

Jean! J'ignore si c'est d'avoir visité cette grotte qui me rend si heureux, ou si c'est de l'avoir fait avec toi, dit-il en frictionnant l'épaule du soldat. C'est si bon de te retrouver! Tu sais, tout comme toi, j'ai pris du galon depuis notre dernière rencontre. Maintenant, je suis membre de l'Institut de Paléontologie Humaine; professeur au Collège de France et à la Sorbonne... Jean, que dirais-tu de redevenir mon assistant?

— Vous allez un peu vite en affaires l'abbé. En pratique, je suis toujours un soldat de la République. Mes perspectives de carrière sont plutôt limitées. Dès qu'un drapeau allemand flottera au-dessus de la mairie, je vais devoir m'y rendre et demander ma démobilisation. C'est le Service Travail Obligatoire qui m'attend. Dieu seul sait où je serai envoyé.

— Non! Je refuse de me résoudre à cela! Pas question que nous soyons à nouveau séparés, crie Hélène. Je préfère encore me sauver dans les bois et vivre dans une caverne comme vos hommes de Cro-Magnon!

— Tu pourrais rester caché ici! Officiellement, personne ne sait si tu es mort ou vivant? suggère Georgette au bord de la panique.

— Crois-tu, lance Jacques, les Allemands n'auront même pas le temps de défaire leurs cantines que Jean sera dénoncé ! Ils contrôlent tout le nord de la France, à eux le blé, les pommes de terre et le bœuf ! Le patriotisme et la loyauté des gens du coin ne tiendront pas longtemps quand les Fritz auront le monopole du pot au feu[45].

Guillaume se met à trembler. Il regarde son père de l'autre bord de la table. Jean, dans la cuisine, avec Bouboule autour du cou. Jean, comme lorsqu'il est réapparu. Guillaume se revoit ce jour-là, se précipitant dans les bras du soldat. Il se souvient du soulagement qu'il avait alors ressenti. Ce sentiment de plénitude, comme s'il était au centre du monde… Non, Guillaume n'acceptera jamais de le perdre à nouveau…

— Nous partirons tous ensemble. Tous dans les bois. Nous marcherons jusqu'au bout de la Terre s'il le faut ! s'enflamme-t-il en martelant chaque consonne.

— Holà ! que tout le monde se calme, ordonne l'abbé Breuil. Personne n'aura à marcher si loin. J'ai plus d'un tour dans mon sac et je suis bien certain de trouver le moyen de garder Jean auprès de moi. Je vous promets d'obtenir une dérogation… S'il le faut, je demanderai au collège de payer un engagé

---

45. La zone occupée comprenait 66 % des terres labourables, 63 % des cultures maraîchères, 62 % des céréales, 70 % des pommes de terre et 65 % des bovins de la France.

volontaire pour le remplacer au S.T.O. Je n'aurai qu'à prétendre que sa collaboration m'est essentielle pour étudier et protéger cette grotte, ce qui est loin d'être faux…

— Nom de Dieu, Georgette ! Tu entends ça ? Il faut trinquer. Je te connais, tu as certainement une bouteille de chouchen[46] en réserve Dieu seul sait où. Si tu ne la sors pas maintenant, quand le feras-tu donc ? dit Jacques à son épouse qui file déjà au sous-sol en tapant des mains comme si elle applaudissait ce nouveau détour du destin.

Ce soir-là, lorsqu'il s'étend sous la couette, Guillaume est rempli de joie et d'espoir. Jean ne partira plus. Le soldat passera la guerre sous terre, dans une cathédrale de ces temps anciens où les plantes, les animaux et la terre n'avaient pas encore de noms. Guillaume songe à toutes ses journées passées à explorer les salles peintes alors qu'il était hanté par la crainte de perdre ses parents. *J'ai eu tout ce que je voulais. Comme si elle avait entendu mes soupirs et m'avait exaucé. Cette grotte est véritablement magique* pense-t-il en s'endormant.

---

46. Le chouchen est un hydromel breton.

Un peu avant l'aube, au moment où le sommeil est lourd et semblable à la mort, Guillaume fait un cauchemar. Il distingue un homme avec un collier de coquillages. Puis, l'adolescent voit les fresques de la grotte qui s'animent et dansent autour de lui. Les bêtes prennent vie. Un bison énorme fonce tête baissée. Son image et le fracas de ses sabots martelant le sol remplissent l'esprit de l'adolescent qui se réveille, haletant et terrorisé.

En sueur, il s'assoit dans son lit et constate que le galop du bison n'était que Bouboule, sur le rebord de la fenêtre, demandant à sortir en faisant ses griffes sur les volets.

Guillaume se lève et ouvre les battants au chat qui file sur la gouttière. L'adolescent est habité par la vision qu'il vient d'avoir. *Elle essaie de me parler,* songe-t-il en observant longuement la lune, tel un visage fantomatique drapé dans les voiles obscurs de la nuit. *Cette grotte qui a entendu mes prières, comment la remercier ? Que veut-elle ?* Mû par un étrange sentiment, l'adolescent s'habille rapidement, jette quelques affaires dans un grand sac de toile et sort dehors à pas de loup.

L'aube est à peine levée. L'orée de la forêt est une masse sombre sur l'horizon cramoisi et les criquets stridulent encore dans les fossés.

Guillaume file vers l'entrée de la caverne. Il descend dans le trou, allume sa lampe de poche et se rend au puits. Il se laisse glisser tout au fond et se fige devant la figure humaine près du bison.

Longtemps il contemple la paroi. À force de la regarder, elle semble bouger et le vent qui file à travers les différentes salles de pierre siffle une plainte lugubre, presque humaine. Guillaume ne peut s'empêcher d'avancer et d'effleurer la fresque avec une impression de déjà vu… Lorsque ses doigts touchent le dessin de l'homme et de l'oiseau, un mot étrange lui vient presque aux lèvres. Un prénom? Guillaume ne saurait le dire. Il n'arrive pas à se souvenir.

Il prend du recul et balaie les alentours avec le faisceau de sa lampe. Il trouve alors ce qu'il cherche. Une surface lisse et nue tout près du sol… L'adolescent sort de son sac un petit burin et un marteau. Patiemment, à petits coups répétés, il se met à graver. Le bruit du marteau frappant le burin est mille fois répété par l'écho, comme si un cœur se remettait à battre au milieu de la caverne assoupie. Absorbé par son travail, Guillaume perd la notion du temps. Bientôt, sous ses mains agiles, apparaît le profil effilé d'un renard… Cette œuvre terminée, Guillaume inscrit juste au-dessous: $G^2 + JG$ 1940.

Satisfait, Guillaume fait rouler un gros rocher devant la gravure. Il bande tous ses muscles et peine avant d'y parvenir enfin. Essoufflé, il s'affale par terre pour se reposer avec la sensation du devoir accompli. Il joue un moment avec sa lampe, l'allumant et l'éteignant, projetant la lumière ici et là. C'est alors qu'il remarque une petite niche dans la paroi de la fresque au bison. Elle est dissimulée derrière une stalactite que les siècles ont patiemment sculptée. Curieux, Guillaume se lève et l'inspecte. Dedans repose un objet en pierre rose : une lampe. Guillaume la prend délicatement et la contemple en silence. Son index droit glisse sur les petits motifs finement ciselés dans la pierre. Une partie de lui-même a l'impression d'en reconnaître les contours.

L'adolescent l'enveloppe dans son débardeur et la glisse dans son sac.

Sur le chemin du retour, Guillaume croise Simon, Rémi et Robot.

— Ne me dis pas que tu es encore allé dans ce trou ? C'est lassant, à la fin ! Quand tu as vu une salle, tu les as toutes vues, s'exclame Rémi.

— Tu viens avec nous, nous allons poser des collets ? demande Simon.

Guillaume reste muet, encore troublé par ce qu'il vient de faire dans les profondeurs et dans le silence du puits.

— Bon alors, tu viens, oui, ou non ? répète Simon en poursuivant déjà sa route vers la forêt.

— C'est qu'on n'a pas l'éternité ! ajoute Rémi qui va à la suite de son frère.

À ces mots, Guillaume sourit et deux fossettes se creusent sur chacune de ses joues.

*Qui sait ?* pense-t-il en rejoignant les frères Pinsant…

# La souvenance de la pierre

## Les lieux et l'époque

**1.** L'action du livre que vous venez de lire
se situe en France, en Aquitaine, dans le
département de la Dordogne.

143

## Données générales

L'Aquitaine est une région administrative de la France composée de cinq départements : la Dordogne, la Gironde, les Landes, le Lot-et-Garonne ainsi que les Pyrénées-Atlantiques.

La Dordogne tient son nom de la rivière homonyme qui la traverse d'est en ouest dans sa partie méridionale. Elle est bordée au nord par la Haute-Vienne ; à l'est par la Corrèze ; au sud par le Lot et le Lot-et-Garonne ; au sud-ouest par la Gironde ; et à l'ouest par la Charente-Maritime et la Charente.

Traditionnellement, on divise ce département en quatre régions distincte :

- au nord, le Périgord vert, qui tient son nom de ses forêts et vallons ;
- d'ouest en est, le Périgord blanc, qui tient son nom de ses plateaux de calcaire ;
- au sud-ouest, le Périgord noir, réputé pour ses sites préhistoriques telles les grottes de Lascaux ;
- au sud-ouest, le Périgord pourpre, qui tient son nom de ses nombreux vignobles.

Ce département a une superficie totale d'environ 9 060 km$^2$, ce qui en fait le troisième plus grand département de France. Sa population totale s'élève à environ 388 293 habitants.

**2.** Une partie du livre que vous venez de lire se déroule durant une période de la préhistoire que l'on nomme le paléolithique supérieur. Elle s'étend plus ou moins de 35 000 ans à 10 000 ans avant notre ère, durant la quatrième et dernière ère glaciaire, celle du Würm. Voici les différentes périodes archéologiques de cette époque, en France :

Le paléolithique supérieur[47]

| – 40 000 ans | Industrie de Châtelperronien, site de la grotte des Fées à Châtelperron. Couteaux de pierre à dos courbe, industrie osseuse. |
| --- | --- |
| – 35 000 ans | *Homo sapiens sapiens* ou Cro-Magnon, remplace les Néandertaliens, qui disparaissent mystérieusement. |
| – 30 000 ans | Industrie de l'Aurignacien I, site de la grotte d'Aurignac, région pyrénéenne. Grattoirs, lames de pierre, pointes de sagaies, objets en bois de renne. |
| – 28 500 ans | Industrie de l'Aurignacien II. |

47. Ces dates sont approximatives, car les données varient d'une source à l'autre, ainsi que d'une région à l'autre.

| | |
|---|---|
| − 28 000 ans | Industries de l'Aurignacien III à V, également nommées le Périgordien. Site de La Ferrassie, en Dordogne. |
| − 26 000 ans | Industrie du Gravettien, site de La Gravette, en Dordogne. Pointes fines, burins, fléchettes, statuettes de femmes dites «vénus», bas-reliefs. |
| − 18 000 ans | Industrie du Solutréen, site de Solutré, en Saône-et-Loire. Bifaces à fines retouches dites «feuille de laurier». |
| − 15 000 ans | Interstade de Lascaux, en Dordogne. Industrie du Magdalénien, site de l'abri de la Madeleine, en Dordogne. |
| − 10 000 ans | Fin du paléolithique supérieur. Réchauffement de la planète. Début de l'épipaléolithique et du mésolithique. |

L'autre partie du livre que vous avez lu se déroule au début de la Seconde Guerre mondiale. Voici des événements ayant marqué cette époque.

| | |
|---|---|
| Mars 1938 | Annexion de l'Autriche à l'Allemagne. |
| Septembre 1938 | Conférence de Munich. L'Europe cède les Sudètes à Hitler. |

| | |
|---|---|
| 23 août 1939 | L'U.R.S.S. signe un pacte de non-agression avec l'Allemagne. Hitler est donc protégé à l'est et peut attaquer à l'ouest. |
| 1er septembre 1939 | L'Allemagne attaque la Pologne. La France et la Grande-Bretagne déclarent la guerre à l'Allemagne. Début de la Seconde Guerre mondiale. |
| 10 septembre 1940 | Le Canada entre officiellement en guerre contre l'Allemagne. |
| De septembre 1939 à avril 1940 | Les forces françaises et les forces allemandes se font face le long des lignes Maginot et Siegfried, mais ne se battent pas. C'est la Drôle de guerre. |
| Avril 1940 | Hitler occupe le Danemark et la Norvège. |
| 10 mai 1940 | Les Allemands envahissent la Belgique et la Hollande, puis percent le Front français à Sedan. Les armées anglaise et française sont évacuées par le port de Dunkerque. |
| 28 mai 1940 | Capitulation de la Belgique. |

| | |
|---|---|
| 3 juin 1940 | La Grande-Bretagne cesse d'évacuer les soldats par le port de Dunkerque. Ceux qui n'ont pas réussi à s'embarquer pour l'Angleterre sont faits prisonniers. |
| 10 juin 1940 | L'Italie se rallie à l'Allemagne. Capitulation de la Norvège. Le gouvernement français quitte Paris pour Tours. |
| 11 juin 1940 | Paris est déclarée «ville ouverte» par le général Weygand. |
| 14 juin 1940 | Les Allemands entrent dans Paris. Le gouvernement français se replie à Bordeaux. |
| 16 juin 1940 | Paris capitule. |
| 17 juin 1940 | Appel radiophonique du maréchal Pétain enjoignant les soldats français à cesser le combat. Le général de Gaulle quitte Bordeaux pour l'Angleterre. |
| 18 juin 1940 | Appel à la résistance du général de Gaulle. |
| 21 juin 1940 | L'Allemagne communique au gouvernement français les conditions de l'armistice. |

| | |
|---|---|
| 22 juin 1940 | L'armistice est signé à Rethondes. La moitié nord de la France et les côtes atlantiques sont occupées par les Allemands. |
| 29 juin 1940 | Le gouvernement quitte Bordeaux et se replie plus au sud, à Vichy. |

## Compréhension de texte

**1.** De quoi est faite la tente du chaman?
   A. De défenses de mammouth.
   B. De peau de renne et de bois.
   C. De pierre.
   D. De brique d'adobe.

**2.** Où se trouve le père de Guillaume lorsque celui-ci fuit vers le sud?
   A. Sur la ligne Siegfried.
   B. Dans la région de la Somme.
   C. À Dunkerque.
   D. Sur la ligne Maginot.

**3.** Que retrouve-t-on près de la maison de Georgette et Jacques?
   A. Le café du village.
   B. Le barbier.
   C. La boulangerie.
   D. Le coiffeur.

**4.** De qui parle Jacques lorsqu'il parle du
« péril mongol » ?
A. De l'armée allemande.
B. De Simon et Rémi Pinsant.
C. Des réfugiés.
D. Des soldats français en fuite.

**5.** Grâce à quoi Guillaume s'éclaire-t-il dans
la grotte ?
A. Une lampe Pigeon.
B. Un briquet.
C. Une lampe de poche.
D. Une allumette.

**6.** Vers qui courent les garçons après avoir
trouvé la grotte ?
A. Les pompiers.
B. Le maire du village.
C. Monsieur Laval.
D. Jacques.

**7.** Après avoir découvert la grotte, les garçons
retournent au village. La radio annonce
alors quelle nouvelle ?
A. Que la France se rend à l'Allemagne.
B. Que les Allemands ont percé le front à
Sedan.
C. Que l'Allemagne attaque la Grande-Bretagne.
D. Que le Canada entre en guerre.

**8.** Pourquoi Jacques descend-t-il dans la
grotte ?
A. Pour faire des photos.
B. Pour faire des calques des fresques.

C. Pour faire un plan de la grotte.
D. Pour retrouver Robot.

**9.** Au cours de la grande attaque allemande du mois de mai, comment Jean a-t-il fui ?
A. En train.
B. À vélo.
C. À moto.
D. À pied.

**10.** Quel est le nom du propriétaire du café ?
A. Monsieur Pinsant.
B. Monsieur Jolivet.
C. Monsieur Reberrat.
D. Monsieur Ferrat.

**11.** D'après l'abbé Breuil que sont les grottes ?
A. Une sorte de sanctuaire.
B. Une sorte de charnier.
C. Une sorte de tombeau.
D. Une sorte d'habitation.

## L'histoire continue...

La véritable grotte de Lascaux fut découverte le 8 septembre 1940 par quatre adolescents nommés Marcel Ravidat, Jacques Marsal, Georges Agnel et Simon Coencas. Les circonstances exactes de cette découverte sont méconnues, car les témoignages à ce sujet se contredisent. La version la plus célèbre raconte que les quatre compères se promenaient en forêt, quand Ravidat vit son chien tomber dans un trou. Il y descendit pour récupérer l'animal et pénétra dans une grande salle ornée de fresques. Bientôt, tous les jeunes gens du village eurent vent de cette découverte et beaucoup s'amusèrent à explorer le site, sans supervision. Inquiets pour sa préservation, les quatre amis décidèrent de prévenir Monsieur Laval, leur ancien instituteur à la retraite. Le professeur y récupéra aussitôt quelques vestiges tels que des silex et des lampes non façonnées, c'est-à-dire des luminaires primitifs faits à partir de pierres naturellement en forme de coupe que l'on remplissait de graisse.

La grotte fut immédiatement objet de curiosité et devint rapidement victime de sa popularité. À peine huit jours après sa découverte, la ville fit placer un panneau d'information à la sortie du bourg : «Grottes de Lascaux, deux kilomètres».

Aux alentours du 20 septembre, Maurice Thaon, un jeune cousin de l'abbé Breuil, passa par hasard à vélo près de Montignac et décida de visiter le site. Il en fit des croquis qu'il apporta à l'abbé Breuil, réfugié non loin de là, à Brive. Dès le lendemain, l'abbé se rendit à Montignac et descendit dans la grotte en compagnie de Ravidat, Marsal et Laval. L'arrivée de l'abbé attira les curieux et, le même jour, environ 300 personnes explorèrent l'endroit.

Dès lors, à la demande de l'abbé Breuil, les quatre adolescents assurèrent une surveillance continue du site, près duquel ils dressèrent un camp. Les compères guidèrent les visiteurs et s'assurèrent qu'aucune salle ne soit vandalisée. En une seule semaine, ils virent passer 1 500 touristes. Plus tard, l'abbé Breuil affirma : «... Si, à cette date, des centaines de visiteurs de Montignac et d'alentours (*sic*) ne saccagèrent pas la grotte, c'est au dévouement de ces jeunes garçons qu'on le doit.»

Durant les mois qui suivirent, jusqu'au mois de décembre, l'abbé Breuil étudia la grotte en compagnie de Maurice Thaon. Déjà, au cours de l'hiver 1940, l'abbé nota que : «... l'air glacé de l'extérieur tombait dans le

153

puits et s'étalait sur le sol de la grande salle, chassant de la grotte une partie de l'air plus léger qui s'y trouvait. Il l'obligeait ainsi par son contact à condenser sa vapeur sur le sol et le bas des parois, dont les concrétions calcaires se sont, pour cette raison, pourries. Cette action de la rosée corrosive est certainement accentuée par des micro-organismes. »

Par la suite, la grotte fut classée parmi les Monuments historiques (décembre 1940). Toutefois elle tomba quelque peu dans l'oubli jusqu'à la Libération. Une simple cahute de planches en protégea l'entrée jusqu'en 1947, alors que des travaux d'aménagement furent entrepris pour rendre la grotte accessible au public. Elle accueillit à nouveau des visiteurs en 1948. Certains jours, plus de 1 500 à 1 800 personnes y défilèrent.

Entre 1952 et 1963, l'abbé Glory entreprit une fouille méticuleuse du site. Il constata rapidement que la présence des visiteurs avait pour effet d'en corrompre l'atmosphère en augmentant le taux de gaz carbonique. Conséquemment, la calcite recouvrant la plupart des fresques se mit à blanchir. On installa donc un système de ventilation afin de purifier l'air constamment.

Malgré cela, aux cours des années soixante, la grotte fut attaquée par des algues, mousses et champignons qui abîmèrent les fresques.

Le 20 mars 1963, André Malraux, alors ministre des Affaires culturelles, décida donc de fermer définitivement la grotte. Il fallut plus de deux ans de travail pour rétablir l'atmosphère du site et débarrasser les fresques de la «lèpre verte».

À partir de ce moment, seuls des spécialistes et des scientifiques furent autorisés à fréquenter la grotte, à raison de cinq personnes par jour, cinq jours semaine.

Depuis 1983, il est possible de visiter une reproduction de la grotte : Lascaux II. On peut y observer des reproductions rigoureuses des fresques, réalisées avec les méthodes propres au paléolithique supérieur.

## Portrait

### L'abbé Breuil

L'abbé Henri Breuil est né le 28 février 1877 à Mortain, dans le département de la Manche. Très jeune, il fut placé chez les frères maristes et y compléta un baccalauréat. Il décida d'entrer en religion et étudia au séminaire d'Issy-les-Moulineaux. Il fut ordonné prêtre le 9 juin 1900, à Saint-Sulpice.

Pendant ses études au séminaire, il fut influencé par certains de ses professeurs, qui s'intéressaient à l'histoire des premiers hommes, un sujet encore tabou à l'époque. L'abbé effectua ses premières fouilles à Saint-Acheul.

En 1904, il obtint une licence en sciences naturelles et entama ainsi une longue carrière scientifique. En 1910, il enseigna l'ethnographie préhistorique à l'Institut de Paléontologie Humaine de Paris. En 1929, il occupa au Collège de France la chaire de préhistoire qui fut créée spécialement pour lui.

Son ouvrage le plus connu fut publié en 1952, sous le titre: Quatre cents siècles d'art pariétal. L'abbé Breuil y fit la description méticuleuse des plus belles grottes ornées datant du paléolithique.

Ses différents travaux le menèrent en Chine, en Espagne, en Italie ainsi qu'en Afrique du Sud. On le surnomma bientôt le «pape de la préhistoire».

Il mourut à L'Isle-Adam le 16 août 1961, à l'âge de 84 ans.

## Témoignages

### Monsieur Laval, pénétrant pour la première fois dans la grotte, le 18 septembre 1940.

*Je me penchai à mon tour sur l'orifice broussailleux, d'un mètre de diamètre environ, et j'entrepris la descente. Mon visage, griffé par les ronces, saignait, je m'en aperçus en y passant la main et je reculai. Une paysanne des environs était là, près du trou, et dit : « Eh bien ! moi, j'y descends voir ! » Pour ne pas avoir l'air plus capon qu'une femme (voilà bien le courage des hommes), je me glissai de mon mieux à sa suite. Après la descente verticale, il fallait ramper entre la terre glaise et les stalactites qui me chatouillaient désagréablement. Arrivé dans la grande salle, accompagné de mes jeunes héros – Marcel, Simon, Jacques et Georges –, je poussai des cris d'admiration devant le spectacle grandiose que j'avais devant les yeux… Je visitai ainsi toutes les galeries, toujours aussi enthousiaste devant les révélations inattendues qui augmentaient sans cesse à mesure que j'avançais. J'étais devenu littéralement fou.*

## L'abbé Breuil, au moment où les premiers curieux prennent la grotte d'assaut.

*Les inventeurs – Marcel, Simon, Jacques et Georges – assuraient une surveillance constante, en compagnie des jeunes Montignacois de leur âge. Des photographies de Jean Laurent illustrent cette période montrant notamment leur campement, l'érection d'un «mai» sommé (sic) de deux drapeaux tricolores par M. Ravidat, tandis que l'entrée primitive élargie a fait place à une courte et étroite tranchée en baïonnette, protégée par une clôture faite de trois rangs de fil de fer et d'une main courante de bois conduisant à l'orifice d'accès lui-même recouvert d'un toit rustique de genévriers reposant sur des poutres légères.*

# Testez vos connaissances

## LA PRÉHISTOIRE

**1.** Quel événement marque le début du paléolithique ?
   A. L'invention de l'outil.
   B. La bipédie.
   C. La maîtrise du feu.
   D. La naissance du genre humain.

**2.** Que signifie le mot paléolithique ?
   A. La vieille pierre.
   B. L'homme debout.
   C. L'homme habile.
   D. La nouvelle pierre.

**3.** À quelle période géologique correspond le paléolithique ?
   A. Le pléistocène.
   B. L'holocène.
   C. Le pliocène.
   D. Le jurassique.

**4.** Les préhistoriens reconnaissent que deux événements majeurs ont marqué le paléolithique supérieur. Quels sont-ils ?
   A. La maîtrise du feu.
   B. La maîtrise du langage.
   C. L'invention de la roue.
   D. La dispersion de l'homme sur la planète.
   E. L'invention de l'art.

159

**5.** On retrouve des grottes ornées un peu partout à travers la France. Classez ces différentes grottes de la plus ancienne à la plus récente.
   A. Niaux.
   B. Chauvet.
   C. Cosquer.
   D. Lascaux.

**6.** D'où vient le nom des grottes de Lascaux ?
   A. Lascaux est une période archéologique.
   B. Lascaux est le nom des hominidés ayant peint la grotte.
   C. Lascaux est l'ancien nom de la commune où se trouve la grotte.
   D. Lascaux est le nom du manoir tout près des bois où se trouve la grotte.

DEUXIÈME PARTIE

## LA SECONDE GUERRE MONDIALE

**1.** D'après vous, qui a prononcé les paroles suivantes ?

*Les chefs qui, depuis de nombreuses années, sont à la tête des armées françaises, ont formé un gouvernement. Ce gouvernement, alléguant la défaite de nos armées, s'est mis en rapport avec l'ennemi pour cesser le combat… Mais le dernier mot est-il dit ? L'espérance doit-elle disparaître ? La défaite est-elle*

160

définitive? Non! Croyez-moi, moi qui vous parle en connaissance de cause et vous dis que rien n'est perdu pour la France. Les mêmes moyens qui nous ont vaincus peuvent faire venir un jour la victoire. Car la France n'est pas seule! Elle n'est pas seule! Elle n'est pas seule! Elle a un vaste Empire derrière elle. Elle peut faire bloc avec l'Empire britannique qui tient la mer et continue la lutte. Elle peut, comme l'Angleterre, utiliser sans limites l'immense industrie des États-Unis. Cette guerre n'est pas limitée au territoire malheureux de notre pays. Cette guerre n'est pas tranchée par la bataille de France. Cette guerre est une guerre mondiale. Toutes les fautes, tous les retards, toutes les souffrances, n'empêchent pas qu'il y a, dans l'univers, tous les moyens nécessaires pour écraser un jour nos ennemis. Foudroyés aujourd'hui par la force mécanique, nous pourrons vaincre dans l'avenir par une force mécanique supérieure. Le destin du monde est là. Moi, (…) j'invite les officiers et les soldats français qui se trouvent en territoire britannique ou qui viendraient à s'y trouver, avec leurs armes ou sans leurs armes, j'invite les ingénieurs et les ouvriers spécialistes *des industries d'armement qui se trouvent en territoire britannique ou qui viendraient à s'y trouver, à se mettre en rapport avec moi. Quoi qu'il arrive, la flamme de la résistance française ne doit pas s'éteindre et ne s'éteindra pas.*

A. Le maréchal Pétain.
B. Le général de Gaulle.
C. Le général Weygand.
D. Winston Churchill.

**2.** Durant l'année 1940, qui étaient les hommes à la tête des pays suivants?

A. La France occupée.
B. L'Italie.
C. L'Allemagne.
D. La Grande-Bretagne.
E. Les États-Unis.
F. Le Canada.
G. L'U.R.S.S.

1. Le maréchal Philippe Pétain.
2. Benito Mussolini.
3. William Lyon Mackenzie King.
4. Adolf Hitler.
5. Franklin Delano Roosevelt.
6. Winston Churchill.
7. Joseph Staline.

**3.** La Seconde Guerre mondiale opposa un grand nombre de nations. Celles-ci étaient partagées en deux groupes soit:

A. les Alliés;
B. l'Axe.

Quelles nations composaient l'Axe et quelles nations faisaient partie des Alliés ?
1. L'Allemagne.
2. La Grande-Bretagne.
3. Les États-Unis.
4. Le Japon.
5. L'Italie.
6. La France.

**4.** Dès septembre 1939, la France, la Grande-Bretagne et le Canada sont en guerre contre l'Allemagne. En quelle année les Américains se joindront-ils aux Alliés ?
A. En 1944.
B. En 1942.
C. En 1941.
D. En 1943.

**5.** À qui appartenaient les modèles d'avion suivants ?
A. Le Messerschmitt Me 262.
B. Le Zéro.
C. Le Mustang.
D. Le Sturmovik.
E. Le Spitfire.

1. La Grande-Bretagne.
2. L'U.R.S.S.
3. L'Allemagne.
4. Les États-Unis.
5. Le Japon.

**6.** Durant la Seconde Guerre mondiale, quel peuple a subi les plus grandes pertes humaines?

A. Le peuple juif.
B. Le peuple russe.
C. Le peuple français.
D. Le peuple allemand.

## Matière à réflexion...

La paléontologie humaine est l'étude de la lignée humaine depuis sa séparation d'avec les grands singes.

L'imagerie populaire présente souvent l'évolution de l'homme sur un plan strictement morphologique. Le schéma typique arbore un singe poilu et recourbé qui, lentement, se redresse et perd ses poils. L'hominisation est ainsi réduite à une question de bipédie, de volume crânien, de dentition… Mais, qu'en est-il sur le plan comportemental ? À partir de quand peut-on dire que l'homme s'est distingué du singe ?

Certains soutiennent que la parole est le propre de l'homme. Cependant, des études ont révélé que les singes étaient capables d'apprendre les rudiments du langage. Ainsi, le singe Koko pouvait s'exprimer par le langage des signes alors que le singe Kanzi communiquait à l'aide d'un clavier de pictogrammes. Plus étonnant encore, ces singes étaient capables d'exprimer des émotions telles que la tristesse et la colère.

Et de là à être capable d'empathie et de partage, il n'y a qu'un pas. Un pas que l'homme n'a pas franchi seul. En effet, nous savons que les grands singes comme les gorilles se reconnaissent entre membres d'une même famille et sont capables de comportements altruistes entre parents.

S'entraider, oui. Mais s'éduquer? Plusieurs d'entre vous pensent probablement que l'homme a l'apanage de la culture, qu'il est le seul à transmettre à ses petits certains savoirs facilitant leur survie. Cela aurait pu être vrai, n'eut été d'une femelle macaque nommée Imo. Sur l'île de Koshima, ce primate a été vu en train de laver des patates douces afin de les débarrasser du sable les recouvrant avant de les manger. Or, après avoir deviné les avantages de cette manœuvre, les autres membres du groupe d'Imo se sont mis à laver leur nourriture!

Comme si tout cela ne suffisait pas à nous mystifier, on connaît même un singe nommé Mulika qui adore… les jeux vidéo!

Alors, d'après vous, qu'est-ce qui différencie réellement l'homme du singe?

# La préhistoire et les grottes de Lascaux

## LA PRÉHISTOIRE

## 1. Les romans jeunesse

*De l'autre côté du ciel* (2002),
de Evelyne Brisou-Pellen, Gallimard.

À partir de 11 ans. Il y a très longtemps, pendant la préhistoire, Moï et Reuben sont les plus grands aventuriers de leur peuple. Leurs destins sont déjà programmés : Moï doit devenir le chef de sa tribu, tandis que Reuben, lui, doit devenir le sorcier. Cob, le frère de Moï, ne peut être le chef de la tribu, bien qu'il soit l'aîné. Tout cela parce qu'il est né à la pleine lune : le dieu peut donc le voir partout. Moï pourra épouser la jolie Delphéa, mais seulement s'il revient vivant de «l'autre côté du ciel». À deux, tout peut arriver. S'ils veulent chasser, ils ne peuvent pas avoir de gros gibier, mais seulement de petits oiseaux, des lapins… Un jour, ils croisent un étranger. Cet homme ne leur ressemble pas. Il doit aller là où la terre et le ciel se rejoignent. Comme c'est dans la même direction, ils décident tous trois de faire le chemin ensemble, du moins c'est ce qu'ils croient…

*Chaân la rebelle* (2003),
de Christine Féret-Fleury, Flammarion.

À partir de 11 ans. Chaân est une jeune fille de 12 ans qui vit 3 500 ans avant notre ère. Elle appartient au peuple du lac et, par sa fougue et sa jeunesse, défie les lois de son peuple. En effet, elle veut, comme les hommes, devenir chasseresse, et s'entraîne en secret. Mais ce défi n'est pas si simple, et ses parents ne peuvent que la rejeter. Elle se lie alors d'amitié avec Jaron, son maître de chasse, et surtout avec sa fille Lûn (que le village prend pour une sorcière). Lorsque Jaron meurt au cours d'une chasse, les deux filles partent avec les hommes à la recherche de nouvelles terres. Mais la route est parsemée d'embûches. Christine Féret-Fleury dresse ici le portrait d'une héroïne moderne éprise de liberté et d'indépendance. Écrit dans une langue simple, et aux chapitres courts, ce roman restitue également la vie des premiers hommes sédentaires, même si l'ensemble se veut d'abord une histoire d'amitié et d'aventure.

*Chaân la caverne du soleil* (2004),
de Christine Féret-Fleury, Flammarion.

À partir de 11 ans. Deuxième volume des aventures de Chaân. L'action se situe 3 500 ans avant notre ère, au cœur de la préhistoire. La tribu doit s'installer sur de nouvelles terres. Chaân et Lûn partent en éclaireurs en compagnie d'un petit groupe de chasseurs. Mais après un tremblement de terre, les deux jeunes filles se retrouvent séparées du reste de la troupe. En plein hiver, Lûn étant blessée, elles vont devoir retrouver leur chemin. Grâce à un cheval, une guérisseuse et plusieurs autres rencontres, les deux jeunes filles pourront rejoindre la caverne des trois soleils. Un roman d'aventure avec tous les ingrédients du genre.

*Chaân la montagne du destin* (2004),
de Christine Féret-Fleury, Flammarion.

À partir de 11 ans. Dans ce troisième épisode, Chaân et Lûn ont 16 ans. Un jour, le village est attaqué et les villageois doivent se réfugier dans une grotte. Lûn réussit à s'échapper et à ramener de l'aide. La rencontre avec ce groupe va permettre de découvrir un nouveau chaman et de pouvoir enterrer les morts. La paix revient. Chaân est promise à Danil. Mais au cours de la cérémonie, elle choisit de partir avec Kern, qui lui propose de découvrir la mer…

*Un cheval pour Totem* (2000),
de Alain Surget, Flammarion.

À partir de 9 ans. Il y a environ 15 000 ans en Corrèze, le jeune adolescent Nuun passe avec succès l'épreuve initiatique du basculement dans le monde adulte. Il choisit le cheval comme animal-totem mais, à l'occasion de sa première chasse, la nature attachante de cet animal se révèle en lui. Au grand étonnement de la tribu, Nuun ne peut se résoudre à tuer l'animal. Mieux encore, il parvient à domestiquer le premier équidé contre l'avis de Gor, le sorcier soupçonneux. L'histoire attachante de la plus noble conquête de l'homme qui semble bien n'être intervenue, dans la réalité, que plusieurs millénaires plus tard.

*L'écho des cavernes* (2002),
de Pierre Davy, Syros.

À partir de 11 ans. Un drôle de petit traité sur l'invention du langage. Voici Sapiens, notre ancêtre, qui découvre que sa tribu a un problème de communication. Mais sa horde est bien primitive. Avec optimisme et persuasion, il décide d'inventer la parole. Une autre manière de réfléchir sur notre moyen de communication.

*La horde des glaciers* (2004),
de Erich Ballinger, Milan.

À partir de 11 ans. Entre préhistoire et policier, un roman d'aventures inspiré par Otzi,
homme du néolithique découvert dans les
Alpes en 1991. La grande magicienne de la
tribu des Kanouk vient d'être tuée. Le cou-
pable semble tout désigné : Bal-Bes, qui fut
banni du groupe il y a quelques années.
Poursuivi, il est condamné à monter toujours
plus haut, jusqu'aux glaciers, là même où la
grande magicienne avait prédit la mort d'un
homme. Une poursuite haletante et bien
informée.

*Préhistoriens en herbe* (2002),
de Anne de Semblaçay, Gallimard.

À partir de 9 ans. Avec son ami Jules,
Emmanuel participe au premier chantier de
fouilles de sa grande cousine Mélanie. Les
jeunes gens partent ainsi en Dordogne et
vont fouiller l'entrée d'une grotte aux parois
décorées. À partir de faits réels (la grotte de
La Mouthe existe et tout ce qui s'y rapporte
est vrai), ils découvriront que l'homme de
Néandertal a pu graver un objet en os, ce qui
va à l'encontre de l'opinion des spécialistes.
Un roman pour petits aventuriers à la découverte des hommes préhistoriques.

*Le premier chien* (2002),
de Jean-Luc Déjean, Hachette.

À partir de 9 ans. Précipité du haut d'une falaise par les ennemis de son père, le jeune Asak s'enfuit à la nage… Il est dur de vivre en exil, seul dans la nature sauvage, en ces temps de la préhistoire. Asak saura-t-il apprivoiser les petits chacals dont il aimerait tant se faire des amis? Les protéger des renards, des loups, de la famine? Reverra-t-il son village où tous le croient mort?

*Le premier dessin du monde* (2001),
de Florence Reynaud, Hachette.

À partir de 11 ans. Au temps de la préhistoire, Killik a 11 ans et se découvre des talents de dessinateur. Le jeune garçon semble posséder un don. Mais ceci ne plaît pas au sorcier Ordos, qui croit à une malédiction. Killik est alors banni du clan. Mais après plusieurs aventures, il reviendra et sera aux yeux de tous un magicien capable de redonner vie aux animaux de pierre. Une histoire inspirée par la découverte de la grotte de Chauvet.

*Le puits du taureau* (1997),
de Maurice Pommier, Gallimard.

À partir de 11 ans. Mélange subtil de roman policier et de récit d'aventures – celle de la découverte d'une grotte préhistorique par des enfants –, ce livre est aussi l'occasion d'en savoir un peu plus sur le métier d'archéologue. Quelques croquis et dessins illustrent les différentes facettes du métier de préhistorien, de la fouille à l'archéologie expérimentale. Au total, un roman bien documenté.

## 2. Les monographies jeunesse

*Cro-Magnon et nous* (2000),
de Pascal Picq, Mango.

À partir de 13 ans. L'auteur est paléontologue au Collège de France. Il raconte les origines d'*Homo sapiens* à l'aide de dessins, de photographies, de gravures, de peintures, de découpages et de photomontages.

*Les hommes préhistoriques* (1999),
de Charlotte Hurdman, De la Martinière.

À partir de 9 ans. Reconstitution du mode de vie des hommes au paléolithique et au néolithique, enrichie d'exemples pris parmi les peuples actuels : habitat, environnement, alimentation, inventions technologiques et artistiques.

*Homo, le genre humain* (2000),
de Robert Poitrenaud
et Georges Delobe, PEMF.

À partir de 13 ans. Présentation, sur un mode alphabétique, des principaux thèmes liés à la préhistoire. Depuis «chaînon manquant» à «écriture», en passant par «Néandertal», «cerveau», «intelligence», «datation» et «race».

*Homo sapiens, la grande histoire de l'homme expliquée aux enfants* (2004), collectif sous la supervision d'Yves Coppens, Flammarion.

À partir de 10 ans. Retrace l'histoire d'*Homo sapiens,* premier représentant de l'homme moderne : naissance, vie sociale, migrations, rapports avec les autres hommes, agriculture, domestication des animaux, etc. Illustré des photos de la série télévisée *Homo sapiens,* suite du film *L'Odyssée de l'espèce.*

*Homo sapiens : l'aventure de l'homme* (2004), d'Yves Coppens et Clara Delpas, Flammarion.

À partir de 10 ans. Tiré du documentaire de Jacques Malaterre, ce livre explique l'évolution de l'homme, cartes et schémas à l'appui, et constitue une excellente approche de la paléontologie.

*La préhistoire* (2000), de Pascal Picq, Mango.

À partir de 13 ans. L'auteur est paléontologue au Collège de France. Son livre décrit la vie quotidienne des premiers hommes : les outils, les animaux, le feu.

174

*La préhistoire, la vie quotidienne*
*de nos lointains ancêtres* (2002),
de Louis-René Louiger et autres, Hachette.

À partir de 10 ans. La découverte de la préhistoire : le mode de vie des hommes préhistoriques, leur façon de se protéger, la signification de leurs peintures rupestres… Comprend 12 vignettes à découper sur ce thème en fin d'ouvrage.

*Les premiers hommes, les yeux*
*de la découverte* (2003), Collectif, Gallimard.

À partir de 12 ans. Découvrez toute l'évolution de l'homme, des premiers hominidés en Afrique tropicale, il y a environ 10 millions d'années, jusqu'à l'époque où l'homme sut travailler le fer, il y a plus de 3 000 ans. Que mangeaient les hommes préhistoriques ? Comment fabriquaient-ils leurs outils de silex ? Quand l'homme commença-t-il à cultiver la terre et à élever des animaux, et pourquoi ? En allant à la rencontre de vos ancêtres autour du monde, vous apprendrez tout de leur vie quotidienne, de leurs techniques et de leur art.

*La vie des enfants au temps*
*de la préhistoire* (2002),
de Pierre Pelot, Éditions Sorbier.

À partir de 9 ans. Grâce à des peintures, des objets sculptés et des pierres taillées réalisés

175

par des hommes de Cro-Magnon, l'auteur retrace l'histoire d'un clan d'hominidés.

## 3. Sur la Toile

Une visite virtuelle des grottes de Lascaux http://www.culture.gouv.fr/culture/arcnat/lascaux/fr/

## 4. Les DVD

*Au cœur de Lascaux* (2005), Kheops studio, The Adventure Company.

Jeux vidéo. Aventure en vue subjective mettant le joueur dans la peau d'un homme préhistorique vivant dans la célèbre grotte et appelé à résoudre toutes sortes d'énigmes plus ou moins en rapport avec les fresques.

*Homo sapiens* (2005),
de Jacques Malaterre, Boréales.

Film documentaire présentant l'expansion d'*Homo sapiens* vers l'Afrique, l'Asie ou encore l'Europe. Beaucoup de thèmes sont abordés, comme le chamanisme, les multiples rencontres avec l'homme de Néanderthal, les débuts de la navigation, l'utilisation des propulseurs, les débuts de l'art rupestre.

*Lascaux, la préhistoire de l'art* (2001),
d'Alain Jaubert, Éditions Montparnasse.

Film documentaire retraçant et expliquant les débuts de l'art rupestre. En plus du film d'Alain

Jaubert, ce DVD contient un nouveau film exclusif : *La nuit des temps.* Il revient sur la merveilleuse découverte de la grotte de Lascaux par des enfants de Montignac.

*Naoum, la musique de la préhistoire* (2000), de Jean-Philippe Arrou-Vignod et autres, Gallimard.

À partir de 9 ans. Dans un campement Magdalénien, Naoum, 10 ans, prend la tête de la tribu en succédant à son père qui vient de mourir. Il doit guider sa tribu vers de nouveaux territoires de chasse, alors que l'hiver arrive. La musique, la danse et les chants sacrés lui permettront de trouver la bonne direction. Fiction complétée par une partie documentaire et un disque compact.

*L'Odyssée de l'espèce* (2003), de Jacques Malaterre, France 3.

Film documentaire mélangeant images de synthèse et tournage classique. On y présente huit hominidés différents : des australopithèques, des *Homo habilis* et des *Homo sapiens*…
Yves Coppens, Anne-Marie Bacon (CNRS) et Sandrine Prat, du Collège de France, ont participé au projet.

*La préhistoire* (2006), Réunion des musées nationaux et Carré multimédia, Réunion des musées nationaux.

À partir de 8 ans. Grâce à un récit de 45 minutes constitué de questions-réponses entre un personnage animé qui veut tout savoir et un narrateur, l'enfant plonge dans l'histoire des premiers hommes. Au fil de la narration, des ateliers ludiques et des informations complémentaires apparaissent dans l'interface de navigation. L'enfant peut intervenir à tout instant et parcourir le programme à son rythme. La chronologie développée dans le bas de l'écran lui permet à tout moment de se situer dans le temps.

## 5. Autres

*Les jeux de la préhistoire* (2000),
de Philippe Dupuis et Jack Garnier,
La Réunion des Musées nationaux.

À partir de 8 ans. Cahier de jeux. Des quiz, des jeux, des mots croisés pour découvrir la préhistoire en s'amusant.

# LES FRANÇAIS DURANT L'ANNÉE 1940

## 1. Les films de fiction

Pour les 14 ans et plus

*Les égarés* (2003),
d'André Téchiné, Wild Side Vidéo.

À partir de 14 ans. Juin 1940. Sur la route, la colonne des réfugiés s'étire. Parmi eux, Odile, jeune veuve de guerre et ses deux enfants. Chacun essaie d'échapper à l'horreur de la guerre, mais l'horreur les rattrape avec les mitraillages des avions allemands. C'est la débandade. Odile et ses enfants, aidés d'un jeune inconnu, errent dans les bois et y trouvent une maison abandonnée. Le quatuor s'installe, apprenant à vivre ensemble, loin de tout. Ce film est tiré d'un roman à succès : *Le garçon aux yeux gris,* 2001, Gilles Perrault, Fayard.

## 2. Les romans jeunesse

*Au-delà du pont* (2002),
de Jacques Delaloy, Éditions Editoo.

À partir de 14 ans. Octobre 1938. Au lendemain de la conférence de Munich, dans une école parisienne, Robert, l'instituteur, achève la première classe de l'année. Dans la proche banlieue, André, un coureur cycliste amateur, remporte la dernière course de la saison,

179

tandis que, du haut de ses sept ans, Jacqui nous guide dans la maison de ses grands-parents, sur les bords de la Loire. Quelques mois plus tard, la guerre déferlera jusqu'aux rives du grand fleuve, et chacun verra s'accomplir son destin à l'ombre du pont de Jargeau.

*Un été entre deux feux* (2003),
d'Yvon Mauffret, Rageot.

À partir de 12 ans. Juin 1940. Des milliers de gens fuient vers le sud devant l'avancée des troupes allemandes. Jeanne et sa famille ont dû quitter Paris en voiture à la hâte, tandis que Lucien et sa grand-mère partaient à vélo. Soudain, des avions survolent la route de l'exode. Comment échapper à l'ennemi ? Où se cacher ? Jeanne et Lucien vont se rencontrer et, ensemble, ils devront affronter la peur, la solitude et la mort.

*Juin 1940, peur sur la route* (2003),
de Philippe Barbeau, Nathan.

À partir de 14 ans. L'histoire d'un adolescent lancé seul sur les routes, durant l'exode.

*La maison des Quatre Vents* (2000),
de Colette Vivier, Casterman.

À partir de 11 ans. La vie dramatique d'adultes et d'enfants menacés, à Paris, pendant la

Seconde Guerre mondiale. La vie quotidienne sous l'occupation allemande : les tickets de rationnement ; les voisins qui en profitent pour s'enrichir ; le père, prisonnier en Allemagne.

*Une vie en suspend* (2005),
de Hélène Montarde, Nathan.

À partir de 12 ans. En juin 1940, le jeune Chiffe vit à Roanne. Il est amoureux d'Annie, mais la guerre perturbe tout. Croyant qu'Annie en aime un autre, Fradet s'engage dans les chantiers de la jeunesse, mis en place par le régime de Vichy. En pleine forêt, son temps est partagé entre le lever du drapeau, les leçons de morale et de patriotisme, et les travaux physiques d'abattage du bois. Il est ainsi épargné des privations, du STO, mais se coupe aussi de la vie civile… Il revient à Lyon en 1943, retrouve Annie et entre dans la Résistance.

## 3. Les monographies jeunesse

*La Deuxième Guerre mondiale racontée aux enfants* (1990),
de Pierre Miquel, Perrin.

À partir de 10 ans. Fait connaître aux jeunes le conflit qui, de 1939 à 1945, a embrasé la Terre entière.

*La Seconde Guerre mondiale* (2004),
de Simon Adams, Gallimard.

À partir de 10 ans. Monographie avec de nombreuses photographies d'une qualité exceptionnelle alliées à des textes courts et précis qui rendent accessibles tous les multiples aspects de la plus grande guerre de l'histoire de l'humanité.

*La Seconde Guerre mondiale* (2005),
de Franck Segrétain, Fleurus.

À partir de 11 ans. Un documentaire sur la Seconde Guerre mondiale, complété par un DVD qui retrace le parcours des Forces françaises libres (FFL) à travers l'Afrique et l'Europe. De la montée des extrémismes au bilan de la guerre, de Pearl Harbor à Stalingrad, un livre qui décrit, chapitre après chapitre, les méfaits de la guerre, les difficultés de la vie quotidienne et les différentes batailles.

*La Seconde Guerre mondiale* (2004),
de Pierre Miquel et Yves Cohat, Hachette.

À partir de 11 ans. Décrit la montée des régimes totalitaires pendant l'entre-deux-guerres et retrace les grandes étapes de la Seconde Guerre mondiale.

## 4. Les DVD

*Les grandes batailles* (2004),
coffret de 5 DVD, de Daniel Costelle,
TF1 vidéo.

Pour tous les publics. Documentaire sur les plus grandes batailles de la Seconde Guerre mondiale en France (1939), en Angleterre (1940), en Italie (1943), en Allemagne (1944) et en Normandie (1944).

*Le monde en guerre, 1939-1945* (2004),
coffret de 11 DVD, Collectif, TF1 vidéo.

Pour tous les publics. Encyclopédie très complète constituée d'images d'archives en noir et blanc du Musée impérial de la Guerre et de collections personnelles. Témoignages de survivants.

*La Seconde Guerre mondiale,*
*du débarquement à la victoire* (2005),
de Jonathan Martin, Universal Pictures.

Pour tous les publics. Documentaire résumant les grands moments de la Seconde Guerre mondiale.

## Compréhension de texte

**1.** B.     **4.** B.     **7.** A.     **10.** C.
**2.** D.     **5.** A.     **8.** A.     **11.** A.
**3.** C.     **6.** C.     **9.** B.

## Testez vos connaissances

PREMIÈRE PARTIE

### LA PRÉHISTOIRE

**1.** Réponse : D. La naissance du genre humain. Le paléolithique se divise en trois périodes, soit le paléolithique inférieur, le paléolithique moyen et le paléolithique supérieur. C'est durant le paléolithique inférieur que sont apparus les premiers êtres du genre humain, c'est-à-dire le genre *Homo*. Les premiers hommes étaient *Homo habilis* (l'Homme habile) et *Homo erectus* (l'Homme debout). Ils descendent d'êtres plus anciens nommés australopithèques graciles.

**2.** Réponse : A. Ce terme signifie « la vieille pierre », en référence aux outils de pierre utilisés par les premiers hommes. C'est donc l'âge de la pierre.

3. Réponse : A. Le pléistocène a débuté environ 1 806 millions d'années avant l'ère chrétienne et s'est terminé il y a 11 430 ans. Il a été précédé du pliocène et suivi de l'holocène.

4. Réponses : D et E. Durant le paléolithique supérieur, l'homme est parti à la conquête du monde et les archéologues observent une augmentation démographique partout où il s'installe. C'est aussi durant cette période que, grâce au développement de ses lobes frontaux antérieurs, l'homme a été capable de pensées abstraites. À partir de ce moment, il s'est exprimé à travers l'art pariétal, la sculpture et la gravure.

5. Réponses : B, C, D, A. La grotte de Niaux se situe dans le département de l'Ariège, dans la région Midi-Pyrénées. Elle est célèbre pour son «salon noir», une salle couverte de fresques au trait noir. La grotte de Lascaux se situe à Montignac, dans le département de la Dordogne. Elle est célèbre pour sa salle des taureaux. La grotte de Cosquer est une grotte sous-marine située dans les Calanques, près de Marseille. Elle est célèbre pour ses représentations d'animaux marins tels que

des phoques, des poissons et des pin-
gouins.

**6.** Réponse : D. Lascaux est le nom du
manoir voisin qui appartenait au comte et
à la comtesse de la Rochefoucauld.

**LA SECONDE GUERRE MONDIALE**

**1.** Réponse : B. Cet appel du général de
Gaulle fut à l'origine du mouvement de
résistance française.

**2.** Réponses : A : 1 ; B : 2 ; C : 4 ; D : 6 ; E :
5 ; F : 3 ; G : 7.

**3.** Réponse : A. Les Alliés : 2, 3, 6. B. L'Axe :
1 ; 4 ; 5. L'Allemagne, le Japon et l'Italie
formaient l'axe Berlin-Rome-Tokyo. L'Allemagne espérait régner sur l'Europe conti-
nentale, l'Italie se réservait la Méditerranée,
et le Japon désirait étendre ses frontières
sur toute l'Asie orientale et le Pacifique.

**4.** Réponse : C. Les États-Unis entrent en
guerre le 7 décembre 1941 à la suite de
l'attaque de Pearl Harbor (Hawaï) par le
Japon.

**5.** Réponses : A : 3 ; B : 5 ; C : 4 ; D : 2 ; E :
1. Le Messerschmitt Me 262 fut l'un des
premiers avions à réaction à entrer en
service durant la Seconde Guerre mondiale.

Le Zéro, ou Mitsubishi A6M, était le principal chasseur bombardier utilisé par la marine japonaise de 1940 à 1945. Le Mustang est entré dans la légende comme un des meilleurs chasseurs de la Deuxième Guerre mondiale. Grâce à son grand rayon d'action, il escortait les bombardiers de l'Angleterre jusqu'au sud de l'Allemagne et les couvrait à nouveau durant leur retour. Le Sturmovik était un avion d'attaque au sol. Les Russes en construisirent 36 163 exemplaires entre 1939 et 1950. Le Spitfire, ou cracheur de feu, fut le chasseur monoplace de prédilection des pilotes de la R.A.F. (Royal Air Force). Son nom est étroitement associé à la Bataille d'Angleterre. À l'occasion, quelques appareils de ce modèle volent encore pour commémorer la fête de cette victoire de la Grande-Bretagne sur l'Allemagne.

**6.** Réponse : B. Le peuple russe. Durant la Seconde Guerre mondiale, le peuple russe a perdu environ 21 100 000 personnes. En 1939, l'U.R.S.S. signe un pacte de non-agression avec l'Allemagne. Ce pacte prend fin en juin 1941, alors qu'Hitler attaque l'U.R.S.S. De 1943 à 1945, l'U.R.S.S. résiste aux troupes allemandes et réussit à les faire reculer. Finalement, les Russes prennent Berlin en 1945 et mettent ainsi fin à la guerre en Europe. En tout, la Russie aura perdu l'équivalent de 12 % de sa population d'avant-guerre.

## Bibliographie

Les informations contenues dans ce supplément sont tirées des monographies suivantes :

*Archaeology, Discovering our Past* (1993), de Robert J. Sharer et Wendy Ashmore, Mayfield Publishing Company.

*The Cambridge Encyclopedia of Human Evolution* (1992), de Steve Jones et autres, Cambridge University Press.

*Les civilisations du paléolithique* (1982), de Francis Hours, PUF.

*Le fil du temps* (1983), d'André Leroi-Gourhan, Fayard.

*Une guerre totale* (1990), de Philippe Masson, Tallandier.

*La grande histoire des Français sous l'Occupation* (1997), d'Henri Amouroux, Robert Laffont.

*L'homme avant l'homme, le scénario des origines* (1994), d'Herbert Thomas, Gallimard.

*Lascaux inconnu* (1979), d'Arlette Leroi-Gourhan et autres, Éditions du CNRS.

*Le mythe fondateur de Lascaux* (2003), de Jacques J. Picard, L'Harmattan.

*La préhistoire d'un continent à l'autre* (1989), collectif sous la direction de Jean Guilaine, Larousse.

*Les soldats de la drôle de guerre* (2004), de François Cochet, Hachette.

La plupart des résumés de romans et de monographies jeunesse sont tirés des sites suivants où vous trouverez d'autres références intéressantes :

http://www.paleolithique.org
http://www.ricochet-jeunes.org
http://www.crdp.ac-bordeaux.fr

# TABLE DES MATIÈRES

**Geneviève Mativat**

Juriste et anthropologue, Geneviève Mativat a grandi entre les rives de la Batiscan et les abers de Bretagne. Ses souvenirs sont faits de bouts de lande, d'ajoncs et de bruyère, mais aussi de forêts multicolores, de poudrerie et de givre. Elle se souvient des chats de son arrière-grand-mère, une Bretonne plantée dans ses sabots, et de son grand-père, aussi grand que les pins qu'il bûchait tout l'hiver. Ses livres sont inspirés de toutes ces images qui se bousculent dans sa tête, de son amour de la nature, du voyage et de la diversité culturelle. Au fil des ans, elle a été deux fois en nomination pour le prix Hackmatack, choix des jeunes.

## Collection Ethnos